#SAUVERLOU

En association avec

Le feuilleton des Incos

#SAUVERLOU

Muriel Zürcher

#SAUVERLOU

Muriel Zürcher

Pour Enguerrand

1

Romane soupire, énervée par la tache d'encre sur sa copie double. C'est le problème avec les fournitures premier prix, les feuilles peluchent, les stylos bavent, et on se retrouve avec son DM de maths qui ne ressemble à rien.

Son coup d'effaceur rageur ne fait que trouer la page, il va falloir recommencer la figure géométrique. Elle relève la tête de la table de la cuisine pour crier :

– C'est toi qu'as mon rapporteur ?

Après trois secondes de silence, elle répète avec une pointe d'inquiétude :

– Lou ! T'es là ou quoi ?

La voix de sa petite sœur jaillit depuis le salon voisin.

– Moi, je suis pas une rapporteuse.

Romane la trouve couchée sur le parquet, feutres à la main, occupée à tracer des demi-cercles multicolores sur un prospectus publicitaire. Comment ne pas lui sourire ? Du haut de ses cinq ans, sa petite sœur est craquante, avec son grand sourire, sa peau caramel et ses cheveux bouclés.

– T'as vu, dit la petite en montrant le rapporteur à sa grande sœur avec enthousiasme, c'est une règle pour dessiner les beignets ! Les marrons, c'est au chocolat, les roses, c'est à la framboise. J'ai fait aussi des pistaches.

– C'est super, mais j'ai besoin de ta règle à beignets, dit Romane en lui tendant la main.

– Attends ! Faut que j'en fasse à la vanille. Mes amis, ils ont dit que c'était bon, la vanille.

La main de Romane retombe inerte le long de son corps et son sourire laisse place à une mine soucieuse.

– Arrête avec ça, Lou. Tu sais ce qu'on a dit à propos de tes « amis ».

L'enfant se relève d'un bond, enserre son crâne entre ses mains et s'écrie :

– C'est pas ma faute ! C'est pas moi qui leur dis de parler dans ma tête ! Allez, partez ! Ma sœur, elle dit que faut partir !

Elle se frappe le front de la main.

Désemparée, Romane l'arrête en attrapant son poignet au vol.

– Chut, ça va aller, MiniLou, ne te fais pas de mal. Ils ont l'air très bons, tes beignets.

Romane, plutôt grande par rapport aux autres filles de sa classe de troisième, s'agenouille pour serrer Lou contre elle. Elle sent le petit cœur tambouriner contre sa poitrine. Comme elle aimerait être capable d'aider Lou, de chasser ces « amis » qui l'envahissent, de changer leur vie ! Mais elle n'a rien d'une fée. Et le pendentif en pierre de lune censé apporter chance et prospérité qu'elle porte autour du cou n'est qu'un bijou fantaisie en toc.

Elle perçoit l'angoisse quotidienne, chassée un moment par la concentration qu'exige son devoir de maths, revenir habiter son corps. Poids sur la cage thoracique, étau dans les tripes. La réalité l'écrase entre ses griffes.

Au début, quand Lou a parlé de ses amis, elle ne s'est pas inquiétée. Elle a cru que les amis de Lou appartenaient à la grande famille des amis imaginaires que les enfants se fabriquent pour se sentir moins seuls ou pour dépasser leurs problèmes. Et les problèmes, il n'en manque pas dans leur vie : leur mère qui meurt dans un accident de voiture, leur père dévoré par la culpabilité de n'avoir pas su l'éviter qui plonge dans l'alcool. Pour affronter ça, il y avait de quoi se fabriquer une kyrielle d'amis, chien, canard, ours, ou même un loup.

Mais ce n'est pas ce genre d'amis dont il s'agit. Lou entend des fantômes lui parler. Cela dure ainsi depuis des mois.

Et voilà qu'aujourd'hui elle se tape dessus pour les chasser de sa tête ! Peut-être que ce truc qu'elle a dans le crâne est en train de la rendre folle ? Cette saloperie de maladie dont on ne voit rien ? Ou alors c'est à cause de la vie qu'elles mènent ?

Peu à peu, Romane sent sa petite sœur se détendre. Le calme revient. Mais la menace d'une nouvelle crise continue à planer dans l'air.

Que peut Romane face à tout ça ?

Elle a quinze ans. À quinze ans, on ne peut pas gérer à la fois les feuilles qui peluchent, les stylos qui bavent, les âmes qui chuchotent aux oreilles des vivants, les cerveaux cabossés et tout le reste !

Alors Romane fait ce qu'elle peut : garder Lou auprès d'elle, et travailler, travailler, travailler pour peut-être un jour lui offrir une vie ailleurs, loin, bien loin d'ici, une vie meilleure.

– C'est quoi qu'on mange, ce soir ?

L'enfant a attrapé une mèche des beaux et longs cheveux bruns de sa sœur et la fait glisser entre ses doigts. Sa question sort Romane de ses pensées noires.

– Je sais pas encore, lui répond-elle. Je termine mes devoirs et puis je vois pour le dîner. OK ?

Lou gambade jusqu'à la cuisine. La crise est bel et bien passée. La voilà guillerette, à réciter des comptines apprises dans sa classe de maternelle.

Tandis que sa grande sœur esquisse à l'aide de son rapporteur un schéma géométrique sur la dernière page de son devoir de maths, la petite traîne une chaise sur le carrelage pour fouiller le frigo et les placards du haut.

– Y a presque rien, annonce-t-elle devant les portes ouvertes. Moutarde, lait, confiture de prunes, sauce soja, boîte de tomates et choux de Bruxelles. Faut une casserole ou le micro-ondes ?

Romane n'a pas le temps de répondre. La porte du petit pavillon s'ouvre avec fracas, la poignée enfonçant un peu plus le trou déjà formé dans le plâtre du mur.

– Va jouer dans ta chambre, ordonne-t-elle aussitôt à sa petite sœur, je t'appellerai pour le dîner.

Lou s'échappe vers le salon tandis que l'homme qui vient d'entrer marche lourdement vers la cuisine. Il s'appuie contre l'encadrement de la porte, peinant à trouver son équilibre. Son regard vitreux aux paupières affaissées, les relents nauséabonds de son haleine et les oscillations de son corps ne laissent aucun doute sur son état.

– T'as encore bu, papa, constate Romane.

– Noooooon. Pas bu, pas vrai. Juste un verre. Deux max. Faut juste que je mange pour diluer. Juste ça.

Lâchant son appui, il traverse la cuisine en chancelant et fait mine de se pencher vers Romane pour lui faire la bise. Elle le repousse en fronçant le nez de dégoût face à son odeur, et il se laisse tomber sur une chaise. Les coudes plantés sur la table, il tient sa tête en place, comme si elle risquait de se détacher.

– Elle est où, ta sœur ?

– Laisse-la tranquille.

– Je veux juste lui faire un câlin. Merde quoi, je suis votre père.

Le bruit vrombissant de la machine à café envahit l'espace. Romane pose la tasse pleine sur la table, devant son père.

– Bois ça, papa, t'en as besoin.

Mais lorsque l'homme se saisit de la tasse, il la laisse échapper.

D'un geste rapide, Romane sort son devoir de maths de la flaque de café et le tamponne à petits coups d'éponge. Mais le papier se déchire à mesure qu'elle tente d'en ôter les souillures. Il ne reste bientôt qu'un amas répugnant de cellulose humide.

Le temps semble s'être figé.

Le désespoir bouillonne en Romane. La révolte est là, toute proche. Il faut que tout cela se termine d'une manière ou d'une autre. Il faut que tout cela cesse.

Pourtant, la jeune fille ne bouge pas, ne parle pas, comme inquiète de ce qu'elle pourrait faire si elle n'était plus statue.

Son père, abruti par l'alcool, reprend la parole le premier.

– Désolé, ma puce, je fais n'importe quoi.

C'est le commentaire de trop.

– Tu pourrais pas faire un effort ? hurle Romane. Il me reste un mois avant le brevet. Un mois à tenir, c'est encore trop pour toi ?

– Oh, ça va, t'énerve pas ! se fâche le père, tu devrais pas t'inquiéter comme ça pour moi.

Romane hausse les épaules. La colère a pris le pouvoir et la fait parler en tremblant de rage.

– Ça fait bien longtemps que je m'inquiète plus. Pourquoi je m'inquiéterais ? Au rythme où tu vas, t'atteindras très vite ton objectif. Parce que tu veux crever, c'est bien ça ?

L'homme relève la tête et regarde sa fille sans broncher.

– Tout le monde sait que tu ne pouvais pas éviter l'accident, tout le monde ! Je le sais, Lou le sait, la police le sait, les assurances le savent, les voisins aussi, tout le monde ! La vérité, c'est que tu veux mourir pour retrouver maman. C'est ça, hein ?

Le regard fixe, le père reste immobile. Cette attitude attise encore la colère de Romane. À cet instant, elle déteste son père, elle le hait.

– Le seul truc auquel t'as pas pensé, ajoute-t-elle, c'est la réaction de maman quand tu la rejoindras au pays des morts. Elle t'en voudra pas pour l'accident, non, elle t'en voudra pour ce que t'as fait *après*. Elle t'en voudra de nous avoir abandonnées. Comment voudrais-tu qu'elle t'aime encore après ça ?

Le silence s'invite dans la cuisine, comme un écho à la question de Romane. Un silence lourd, pesant.

L'homme serre les poings et écrase les larmes qui commencent à couler sur ses joues. Mâchoires contractées, il quitte la cuisine en titubant.

2

À peine son père est-il sorti de la cuisine que Romane regrette déjà ses paroles. Elle sait qu'elle a utilisé les rares mots qui peuvent encore l'atteindre et le blesser.

Depuis quatre ans, les termes « maman » et « mort » sont bannis de la maison. Quatre ans depuis que la mère de Romane et Lou est morte dans un accident de voiture tandis que leur père, au volant, n'a eu que quelques égratignures.

Le cri de Lou dans le couloir fait réagir Romane. Elle trouve sa sœur en train de se débattre alors que leur père tente de lui enfiler son pyjama.

– Arrête ! s'agite Lou, j'ai même pas encore pris mon bain.

– Je vais bien m'occuper de toi, ma puce, je suis tellement désolé d'être un papa si nul. C'est vrai que je t'aime, tu le sais, hein ? Dis-moi que tu le sais !

– Je sais, mais arrête avec le pyjama.

Sans l'écouter, il tente de faire passer sa tête dans le trou du vêtement. La petite se débat pour y échapper.

– Arrête, papa, intervient Romane, tu vois bien qu'elle est pas d'accord.

Il est comme ça, le père, quand il a bu. Il étouffe ses filles avec son amour, au sens propre. Il peut les serrer avec tant d'énergie qu'il pourrait leur casser les côtes, leur écraser les poumons, les asphyxier sans même s'en rendre compte. Si au moins il plongeait dans le sommeil jusqu'au lendemain... mais non, les cauchemars le réveillent. Et tant que le poison continue à couler dans ses veines, il tente de s'occuper d'elles, en enchaînant les mauvaises idées.

Romane attrape leur père par le bras et le tire en arrière pour libérer Lou. Il s'effondre par terre, essuyant la morve qui dégouline de son nez avec le dos de sa main.

– Je suis tellement désolé d'être nul comme ça. Je sais pas quoi...

Il s'interrompt brutalement, le regard soudain fixé sur le plafond.

Romane en profite pour chuchoter :

– On part en excursion ?

Lou approuve d'un hochement de tête. C'est leur phrase code. Celle qui signifie qu'elles vont partir se mettre à l'abri, pour une nuit. Elles vont dormir sous la tente, comme elles le faisaient avant l'accident, avec leur mère qui adorait le camping sauvage. C'était il y a longtemps quand leur père se comportait encore comme un vrai papa.

Il fait beau, il fait doux, leur coin de forêt les attend. Elles y seront mieux que dans leur chambre.

Les filles savent exactement quoi faire. La grande récupère le sac à dos dans leur chambre, y fourre le pyjama de Lou. La petite attrape son doudou, enfile des chaussures et un blouson. Elles sont prêtes.

Elles sortent le vélo du garage, l'une monte sur la selle, l'autre sur le guidon et, d'un coup de pédale, toutes deux prennent le large.

Dehors, la journée se termine dans l'agréable tiédeur du printemps. Dans le quartier résidentiel de leur petite ville, des voisins se promènent en longeant les trottoirs devant les pelouses des pavillons. Les gens se parlent quand leurs chiens se reniflent. L'air est caressant.

En arrivant sur l'une des rues principales, Romane slalome entre les arbres qui séparent la chaussée du trottoir. Le rire de Lou résonne à ses oreilles. Lou va bien. Lou n'est pas malheureuse. Et cette certitude allège un peu son angoisse qui devient chaque jour un peu plus dense, un peu plus dure, et qui ne la quitte plus.

Les rayons du soleil matinal, filtrés par les branchages de la forêt, traversent la toile de tente rouge en créant une douce aura de couleur. Lou ouvre les yeux et se trouve aussitôt plongée dans un micromonde clos habité de lumière rose.

Elle a dormi d'un trait et se sent bien, pelotonnée dans son duvet, l'oreille droite de son doudou lapin effleurant ses lèvres. Le réveil n'a pas sonné et Romane est encore plongée dans le sommeil.

Pas étonnant, elle a travaillé si longtemps hier ! Lou a essayé de rester éveillée, jusqu'à ce que Romane termine son devoir de maths à la lumière de la frontale. Elle aime quand sa grande sœur lui raconte une dernière histoire avant de dormir et qu'elle l'embrasse en disant « bonne nuit, MiniLou ».

Mais la veille au soir, la fatigue a été la plus forte, Lou n'a pas résisté à l'appel des bras de Morphée.

Toutes les deux viennent souvent ici, dans la forêt. Cet endroit était le coin de la famille, il est devenu le leur. Pas très loin, il y a un petit parking, trois tables de pique-nique et des sentiers qui s'enfoncent dans les bois. À part quelques joggers, rares sont les gens qui viennent là.

Leur mère les entraînait ici lorsqu'elle décidait qu'ils avaient besoin de s'aérer. Toute la famille se promenait dans les bois puis s'installait après le goûter et jouait aux cartes ou parlait jusqu'à l'heure du coucher. Le lendemain matin très tôt, alors qu'il faisait encore nuit, leur père, qui portait Lou dans un sac à dos spécial pour les bébés, leur mère et Romane marchaient ensemble jusqu'au sommet d'une falaise à environ une heure de marche. Ils sortaient le thermos de chocolat tiède de la veille, les tartines emballées dans une boîte en plastique, et ils regardaient ensemble le soleil se lever. C'était beau.

Depuis que Romane a décidé de revenir ici pour échapper à leur père, elle a un peu réaménagé les lieux. C'est bien mieux que la première fois qu'elle avait emmené Lou hors de la maison. Ce jour-là, leur père avait vomi partout, dans la cuisine, le couloir et même la chambre. Cela lui avait fait si mal de le voir se débattre dans ce chagrin immense qu'il tentait en vain de noyer dans l'alcool. Elles avaient dormi dehors, en improvisant, sous le toboggan du parc.

Romane plante la tente à une centaine de mètres de l'espace pique-nique, en la cachant au milieu d'un fourré d'épineux. Seul le passage par lequel elles se faufilent est dépourvu de piquants. La végétation les dissimule et les protège. L'abri est rassurant.

Pourtant, même si Lou connaît cet endroit par cœur, elle sent quelque chose de différent. Ce matin, les oiseaux ne chantent pas.

C'est sûrement à cause de la voiture qu'elle entend se garer sur le parking tout proche. Les portes claquent, Lou écoute des gens parler. Deux hommes.

– Vas-y, tout droit.

– Arrête, tu vas pas faire ça !

– Ta gueule, marche !

– On a bossé ensemble ! Ça compte, tu peux quand même pas me buter.

– Marche, je t'ai dit ! Et ferme ta putain de gueule. Tu comprends pas que j'ai des ordres ?

Il y a un bruit bizarre, comme un coup, suivi d'un grognement.

Lou n'aime pas les adultes qui disent des gros mots, ils lui font peur. Elle ne sortira pas de la tente, même si elle a très envie de faire pipi. Ici, elle est en sécurité. Leur abri de toile est invisible, caché avec le vélo au milieu des feuillages.

Les voix reprennent peu après, les deux hommes ne sont pas loin, quelques mètres tout au plus. Ils parlent vite, comme s'ils étaient pressés.

– Écoute-moi, je vais te dire un truc. Je suis allé vider la planque hier, et j'ai déplacé les cinq cents briques ailleurs. Je suis le seul à savoir où c'est. Alors, tu oublies les ordres, et on fait cinquante-cinquante.

– L'boss m'a prévenu que t'allais essayer de m'embrouiller.

– Si tu me tues, vous perdez tout. Je te jure que c'est vrai, je te le jure sur ma propre tête.

– Pour ce qu'elle vaut !

– Non, pitié, ne...

Lou entend un autre bruit qui la surprend. Ça lui rappelle le son du bouchon du Champomy que Romane avait fait sauter à Noël dernier. Un « plop » qui résonne dans la forêt.

Après ça, quelqu'un marche vite en écrasant le tapis des sous-bois, et la voiture redémarre. Il n'y a plus un bruit, plus de paroles. Au bout d'une ou deux minutes, les oiseaux recommencent à chanter.

Il était temps. Lou ne peut presque plus se retenir de faire pipi.

Quand elle sort de la tente, le zip de la fermeture éclair et le frottement du sac à dos sur le sol manquent de réveiller Romane. La grande sœur marmonne quelque chose et replonge dans le sommeil.

Lou frissonne dans la fraîcheur matinale du début du mois de mai. Elle enfile ses chaussures, son blouson et, après s'être enfin soulagée, elle picore un sachet de biscuits émiettés trouvé dans le sac.

– Attends, je finis mon petit déj ! répond-elle à la voix qu'elle a entendue dans sa tête.

Quelques pas pour sortir des broussailles, et elle découvre un peu plus loin un homme couché par terre. Sa position n'est pas naturelle, le visage écrasé sur le sol, un bras replié sous son torse, l'autre tordu à l'envers, ses jambes en vrac. Une flaque rouge sombre s'élargit autour de son buste.

Lou s'assoit en tailleur à côté de lui et vide les miettes du sachet dans sa bouche.

– …

– Lou, dit-elle, et toi ?

– …

– Non, il est parti.

Elle regarde en direction du parking.

– …

– Mais si, puisque je te le dis ! J'ai entendu le moteur, et en plus que la voiture elle est même plus là.

– …

– Vas-y, raconte.

Entre chacune de ses phrases s'écoulent quelques secondes, mais après la dernière, Lou passe plusieurs minutes, silencieuse et immobile, à écouter ce qu'elle seule peut entendre.

3

Quand l'alarme de son portable retentit, Romane se réveille à son tour. Elle constate que Lou est déjà sortie.

Elle appelle à haute voix sa petite sœur qui lui répond aussitôt, tout excitée :

– Je suis là, viens voir !

– Deux secondes, je roule mon duvet. T'as bien dormi ? Moi, j'ai des courbatures partout !

– Allez, viens voir !

– J'arrive. C'est toi qu'as pris les biscuits ?

Lou voit sa grande sœur émerger des broussailles. Elle a enfilé la même tenue que la veille, et tient son devoir de maths à la main.

– Faut pas qu'on tarde si on veut acheter un truc à la boulangerie. Faut aussi que je passe à la maison récupérer mon sac de cours. Papa doit encore cuver, il nous retardera pas.

Soudain, les copies doubles couvertes de démonstrations géométriques tombent au sol, comme les feuilles d'un arbre arrachées par le vent d'automne. Romane a dressé ses mains, paumes en avant, en un geste de protection. Son regard ne quitte plus le corps couché par terre.

– Recule, Lou, chuchote Romane, recule tout de suite.

– T'inquiète pas, c'est mon ami.

– Recule, je te dis !

Romane a murmuré son ordre avec une telle intensité que Lou lui obéit, même si elle ne comprend pas pourquoi sa grande sœur réagit ainsi.

Romane ramasse la première branche qui traîne à ses pieds et s'approche pour toucher l'inconnu de son extrémité. Le corps oscille mollement.

– Faut appeler les pompiers, dit-elle.

Lou, boudeuse, hausse les épaules.

– Ça sert à rien, il est mort. Les pompiers, ils vont pas le soigner.

– Mais qu'est-ce qu'il fait là ? balbutie Romane, sous le choc.

– Il m'a tout dit quoi qui s'est passé. C'est son copain l'homme sans nombril qui l'a tué, il a pas cru qu'il avait caché les briques.

Romane s'agenouille devant Lou et la regarde droit dans les yeux.

– Qu'est-ce que tu racontes ? T'étais là quand... T'étais dehors ?

– Non ! J'ai rien vu.

Un soupir de soulagement ponctue sa réponse. Romane serre les épaules de Lou dans ses mains.

– Tant mieux. On va appeler les pompiers, tout ira bien, ils vont s'en occuper. Tu oublieras ça très vite, d'accord, MiniLou ?

– Les histoires, ça s'oublie pas. Il y a eu d'abord la voiture, ensuite ils ont parlé et après le bruit qui fait plop. Après, l'homme sans nombril, il est reparti. Tout seul avec sa voiture. D'ailleurs, on dirait qu'il revient !

Lou désigne de l'index le chemin d'accès.

Le silence empli de chants d'oiseaux, de bruissements de feuilles et de craquements d'arbres cède peu à peu la place à un ronronnement de moteur. Une berline roule à vive allure sur la piste de terre. Romane tend l'oreille, inquiète.

Même un 4 x 4 ne pourrait pas avancer aussi rapidement sans abîmer ses amortisseurs. Le conducteur a l'air vraiment pressé.

Arrivé à l'aplomb du petit parking proche du camp des deux sœurs, le chauffeur donne un coup de volant et freine brutalement. Le moteur s'arrête, laissant résonner derrière lui un silence vide et effrayant. On pourrait croire que la forêt se méfie.

Romane sent la peur lui écraser les poumons. Cet endroit, fréquenté les week-ends par les randonneurs, est désert. Personne pour voir ce qu'il peut s'y passer, personne pour les aider.

Elle a du mal à respirer.

Est-ce l'assassin qui revient ? C'est lui, c'est forcément lui. Personne n'abîmerait sa voiture à rouler ainsi sur les chemins défoncés du bois. Mais pourquoi ?

Les hypothèses défilent dans son esprit, jusqu'à la pire. Il est allé chercher de quoi enterrer le corps. Il a un doute et veut vérifier que l'homme est bel et bien mort. Il a vu Lou, il est revenu pour se débarrasser d'elle.

Romane ne reste pas à genoux. Elle se relève, courbée pour ne pas se montrer. Sa main attrape celle de sa petite sœur tandis que, de l'index posé sur sa bouche, elle lui fait signe de se taire. Le chauffeur ouvre sa portière et sort du véhicule. C'est un colosse, grand, large, gros. Il n'a même pas pris soin de camoufler son arme, qu'il porte dans un étui de cuir contre son flanc.

Lentement, Romane entraîne Lou de quelques pas en arrière. Se cacher, il faut se cacher. Elles n'ont plus le temps de regagner les broussailles qui dissimulent leur tente. Il faut s'enfoncer dans la forêt, se fondre dans la nature comme le ferait un animal sauvage.

Le tronc d'un chêne imposant leur sert d'abri. Collées l'une à l'autre, appuyées contre l'arbre, elles ne bougent plus, le cœur battant.

Romane hésite à plaquer sa main sur la bouche de Lou. Et si elle se mettait à parler tout à coup ? Elle est encore si petite... Quand elles font des parties de cache-cache, il lui arrive de se planquer sous le canapé sans s'apercevoir que ses pieds dépassent ! Pourvu qu'elle ne bouge pas, pas maintenant, pas tout de suite.

Au même moment, le géant traverse le sous-bois à longues enjambées. Il ne fait pas attention à ce qui l'entoure, concentré sur la conversation qu'il mène au téléphone. En l'écoutant, Romane reconstitue facilement ce qui s'est passé.

L'homme est bien l'assassin. Il a tué son ancien compagnon alors que celui-ci venait de lui avouer avoir caché quelque chose ailleurs. La personne au bout du combiné lui en fait le reproche.

– C'est pas ma faute ! se défend le colosse. C'est vous qui m'avez mis au parfum qu'il risquait de m'embrouiller les idées, tout ça. J'ai cru qu'il jactait n'importe quoi, juste pour que je le bute pas.

L'homme s'immobilise et s'exclame :

– Ben oui, qu'il est crevé ! Je suis pas du genre à faire le boulot à moitié.

– ...

– OK, OK, je vérifie.

Romane suppose, sans oser se pencher pour jeter un coup d'œil, que l'homme contrôle que sa victime est bien morte.

À cet instant, elle n'a aucun doute sur ce qu'il se passera s'il les repère. Il les tuera d'un coup de pistolet, comme il l'a fait avec son collègue. « Plop, plop. » C'est exactement le bruit des silencieux que les acteurs mettent sur leurs révolvers dans les films de gangsters.

Quelques secondes plus tard, le colosse confirme le décès à son interlocuteur et, après avoir raccroché, repart vers sa voiture.

Romane retient son souffle. Elle n'a qu'une hâte : qu'il allume le moteur et s'en aille. Elle sait déjà ce qu'elle fera : courir avec Lou jusqu'à la tente, remballer le camp au plus vite et se sauver à vélo pour regagner la ville.

Plus jamais elles ne remettront les pieds ici.

Lou attrape sa main, la serre de toutes ses forces de petite fille de cinq ans. Romane peut sentir la peur palpiter en elle.

L'homme ouvre sa portière, et Romane s'autorise à respirer un peu plus. Elle a l'impression que ses poumons vont exploser. Tout contre ses jambes, elle perçoit les muscles de Lou qui commencent à se relâcher.

Mais alors que Romane pense l'épreuve près de se terminer, son portable se met à sonner.

Son portable qu'elle a posé sur son sac pendant qu'elle pliait son duvet.

4

Non ! La frustration de Romane est grande. Pourquoi maintenant ? Elle n'a pas vraiment d'amis, juste quelques copines, et elle ne communique avec elles que par textos ou sur les réseaux sociaux ! Sans compter que personne ne l'appelle jamais, et que le silencieux est activé la plupart du temps. Pourquoi faut-il que l'inhabituel survienne précisément à cet instant ?

La musique métallique attire aussitôt l'attention du meurtrier. Il ne prend même pas la peine de refermer la portière de sa voiture et marche à grandes enjambées vers le camp des filles.

Dès qu'il commence à s'enfoncer dans les épineux, Romane murmure à l'oreille de Lou.

– Suis-moi, cours le plus vite possible, d'accord ?

La petite hoche la tête, les yeux écarquillés par la peur. Elle a compris ce qu'elles risquent. Leur peau.

Romane l'entraîne dans la forêt, à l'opposé du parking. Elles courent comme elles n'ont jamais couru, sautant par-dessus les vieux troncs, esquivant les branches basses. Ni l'une ni l'autre ne sentent les griffures des broussailles sur leurs bras et leurs jambes.

Lorsque Lou glisse sur un tas de feuilles sèches, Romane la relève d'un coup de poignet. Mais la petite a eu le temps de regarder en arrière.

Son hurlement de frayeur fait s'envoler les oiseaux.

– L'homme sans nombril, il nous suit !

Romane court, sa petite sœur derrière elle. Ses mains effleurent les troncs d'arbre, repoussent les branches qui la giflent, ses pieds écrasent les fougères, ses jambes la propulsent vers l'avant. Elle sait qu'elle ne résistera pas longtemps à ce rythme. C'est même étonnant que Lou tienne encore le coup.

Les poumons qui ne répondent plus, les muscles des mollets qui brûlent, les yeux qui se ferment devant la menace des brindilles qui lui fouettent le visage. Est-ce que notre propre corps peut nous trahir alors qu'on a besoin de lui pour échapper à la mort ? Ce n'est pas le moment de se poser des questions philosophiques ! Romane se concentre sur sa course.

Lou est à la traîne. Sa grande sœur l'attrape à nouveau par le poignet, la tire sans ralentir, la soulève presque, au risque de lui démettre l'épaule. Leur seule chance est d'arriver sur la route pour y trouver de l'aide avant que le colosse ne les rattrape.

Soudain, l'écorce d'un tronc d'arbre explose à quelques centimètres de la tête de Romane, des esquilles de bois rebondissent sur sa joue.

L'homme leur tire dessus !

La nouvelle dose d'adrénaline qui se déverse en elle est un shoot d'énergie. Sa main crispée sur le poignet de Lou, Romane ne sait même plus si elle pose vraiment les pieds au sol. Elle vole malgré les douleurs, malgré l'air qui lui manque.

Lou se fait plus lourde. Ses petites jambes, qui peinaient déjà à suivre le rythme, refusent de lui obéir. Romane lâche son poignet pour lui agripper le bras au plus près de l'épaule. Il faut rester debout, avancer, continuer, elles n'ont pas le choix.

Une chose joue en leur faveur : la nature. À chaque pas, les bois se font plus denses. Sauvage, la forêt qui a si souvent abrité les deux sœurs entrave la course du colosse grâce aux mille obstacles qu'elle place sur son chemin. L'homme est musclé, massif. Son poids le pénalise lorsqu'il s'agit de sauter par-dessus les fossés et les branches basses.

Et si les deux sœurs, agiles, parviennent à se faufiler entre les minces troncs des arbres fraîchement poussés, l'homme fonce tel un bulldozer, cassant et arrachant ce qui gêne sa progression. Sa force devient un handicap.

La route ! Romane aperçoit le gris de l'asphalte comme une délivrance. Les deux sœurs surgissent sur la chaussée. Dans un crissement de pneus, une voiture les contourne avec un coup de volant. Elle repart aussitôt après avoir klaxonné.

Si elle pouvait, Romane hurlerait son désespoir. Pourquoi le conducteur ne s'est-il pas arrêté ? Sa gorge trop serrée l'empêche de parler. Overdose d'adrénaline. Des larmes de rage inondent ses joues tandis qu'elle voit leur unique chance de survie s'éloigner.

Debout sur l'asphalte, sa main continuant à écraser le bras de Lou, elle regarde la route déserte sans bouger. Quelques secondes durant, elle ne parvient plus à réfléchir, à agir. Un vaste silence occupe tout son esprit, un silence blanc et lumineux qui tient l'angoisse à distance.

Mais chaque instant qui s'écoule accroît le danger.

Lou incite Romane à marcher vers le bas-côté.

– Viens, faut se cacher...

Romane reprend ses esprits. On entend déjà les branches craquer sous la pression du colosse qui se rapproche. Une minute plus tard, il s'arrête à l'orée du bois et sort son téléphone.

– Ouais, c'est moi.

– ...

– Non, j'suis toujours dans la forêt. Y avait deux gamines qu'étaient là et qui se sont barrées. Je les ai suivies.

Allongées dans le fossé sous une couche de feuilles mortes et d'herbes folles, Romane et Lou écoutent le colosse parler. Leurs lèvres serrées, elles luttent pour ne laisser échapper aucun indice de leur présence. Ne pas bouger, ne pas chasser l'insecte qui se promène sur leur visage, respirer à peine et attendre en craignant le pire.

– J'allais les choper, mais elles ont rejoint la route avant moi. Une bagnole s'est arrêtée, elles ont filé.

– …

– Mieux que ça, je suis presque sûr qu'elles lui ont parlé avant qu'il crève. La plus petite a parlé de moi en gueulant « l'homme sans nombril ». Il a dû mettre un moment à mourir, le gars. S'il lui a raconté ça, il a peut-être eu le temps de lui dire où il avait planqué ce qu'on cherche.

– …

– Ça devrait pouvoir se faire. Elles ont laissé leur bastringue : un sac, un téléphone, y a un biclou aussi. Je regarde et je vous rappelle. OK, boss ?

Il raccroche et se tait.

Malgré son silence, Romane le sent toujours présent, tout proche, à l'affût.

Elle a l'instinct d'une proie traquée par un chasseur. On ne sait plus si c'est elle qui tient la main de Lou pour la rassurer ou l'inverse.

Une minute ? Trois ? Cinq ? Impossible d'évaluer l'éternité pendant laquelle Romane et Lou patientent ainsi, immobiles.

Enfin, l'homme fait demi-tour. Elles entendent son pas lourd lorsqu'il regagne la forêt, écrasant le tapis de branches et de feuilles mortes sous ses pieds. Encore une dizaine de minutes, et le bruit lointain du moteur de la voiture sonne leur délivrance.

– Allez, viens, dit Romane en prenant Lou par la main, on va rentrer à la maison par les bois.

Elle sait qu'il ne faut pas traîner là. Le chemin de terre que le colosse vient d'emprunter débouche sur la route. S'il tourne à gauche en lisière de la forêt, il les croisera. Il n'est donc pas question de faire du stop et de tenter d'arrêter une voiture pour se faire aider. Il faut rentrer à pied.

Elles traversent la route et s'enfoncent dans les bois.

5

Les deux sœurs ont rejoint un sentier. Elles marchent en silence, l'une à côté de l'autre, tournant régulièrement la tête pour s'assurer qu'elles ne sont pas suivies. Le choc de la course-poursuite continue à faire tambouriner leurs cœurs un long moment.

Peu à peu, Lou retrouve un semblant de calme. Elle s'arrête parfois, comme si elle tendait l'oreille, puis parle en chuchotant. Romane ne lui pose pas de question. Elle sait quelle réponse elle obtiendrait si elle lui demandait avec qui elle discute ainsi. Ses amis les fantômes. Il y en a à peu près partout, pourquoi pas dans les bois ? Après tout, ses amis sont dans sa tête. C'est l'avis du médecin Hamadi, le neurologue que Lou va voir tous les six mois : hallucination auditive, un effet de la maladie qui lui abîme le cerveau.

Au début, Romane voulait croire que Lou parlait vraiment aux fantômes. Elle s'attachait à l'espoir que la maladie n'avait pas progressé. Elle espérait aussi secrètement pouvoir entrer en contact avec leur mère. Parfois, Romane sentait sa présence, comme si sa mère les regardait vivre, veillait sur leur sommeil. Comme si elle était encore là pour elles. Mais Lou ne l'entendait jamais parler. Romane a alors dû se rendre à l'évidence : ses conversations avec l'au-delà n'étaient que le résultat d'une erreur d'activité électrique du cerveau. Les neurones s'emballaient, c'est tout.

Les deux sœurs marchent, et Lou renonce à parler aux fantômes. Elle préfère bombarder Romane de questions. Qui est l'homme sans nombril. Pourquoi il est méchant avec elles.

Pourquoi il voulait les attraper. Est-ce qu'elles iront récupérer leur vélo. Que va devenir son « ami » de la forêt. Est-ce que le méchant géant va revenir. Est-ce que leur papa est plus fort que lui.

Romane répond de manière lapidaire, en quelques mots ou d'un haussement d'épaules. « Je ne sais pas », « non », « je ne sais pas ».

Elle n'écoute que d'une oreille, tout en réfléchissant au contenu du sac qu'elle a abandonné sur place. Pas besoin d'être un génie pour savoir ce que le colosse va en faire. Il l'a sûrement déjà vidé pour y trouver leur identité.

Mais il ignore que Romane avait anticipé un problème de cette nature. Non pas en imaginant un meurtre, bien sûr, plutôt en pensant à des policiers un peu trop curieux qui voudraient les ramener à la maison, ou à un randonneur bien intentionné qui tiendrait à appeler leurs parents. Dans son sac, dans son téléphone et sur le vélo, il n'y a rien d'exploitable : pas de papier, pas de courrier, pas de contact, pas d'étiquette de bagage.

Le sac ne contient que le strict nécessaire pour camper : tente, réchaud, duvet, sachet de biscuits, trousse de toilette, doudou.

À cette pensée, sa poitrine se serre, comme si son cœur avait manqué un battement.

– Ton doudou, demande-t-elle, il est resté là-bas ?

La petite tire la peluche de lapin élimée de sa poche.

– Non !

C'est le premier sourire de Romane depuis la découverte du corps. Sans son lapin, Lou ne s'endort pas, ou alors très tard, lorsque ses sanglots l'ont épuisée. Le doudou a résisté aux années, aux épreuves. Il n'a plus qu'une oreille, l'autre ayant été coupée par Lou un jour où elle jouait au docteur. Avoir ce doudou amputé avec elles est une petite victoire sur le sort qui s'acharne.

– Pourquoi tu veux pas répondre à mes questions ? lui demande Lou.

Romane s'arrête et s'accroupit devant elle. Elle aime bien lui parler comme ça, les yeux dans les yeux. Surtout en ce moment, alors qu'elle ne sait quoi lui dire. Elle se sent tellement nulle ! Une psychologue trouverait les mots et les réponses pour rassurer l'enfant. Mais Romane n'est pas psychologue, et elle n'a pas de réponse.

– Désolée, MiniLou, j'étais en train de réfléchir pour savoir si le méchant pouvait nous retrouver.

– Il va venir nous chercher à la maison, le méchant ?

– Non, il ne peut pas savoir où on habite.

– On rentre, alors ?

– On rentre, confirme Romane, et on va oublier tout ça.

– J'ai bien fait de manger tous les gâteaux. Sinon, il les aurait pris, pas vrai ?

– Ça, c'est sûr !

– Tu peux me porter ?

Romane se redresse et accuse le coup en riant quand Lou saute dans ses bras.

– Ouch ! Mais c'est que tu deviens grande ! Juste deux minutes, d'accord ? Après, c'est toi qui marches !

Une heure trois quart plus tard, c'est avec un gros bouquet de jonquilles sauvages à la main que Lou sautille sur le trottoir, quelques mètres devant Romane. Elles ont parcouru presque huit kilomètres. Le quartier leur est familier, la maison est toute proche !

Romane suit Lou du regard. Sa petite sœur a retrouvé l'envie de gambader. Son attitude lui fait l'effet d'un baume au cœur. À la voir ainsi, rayonnante à l'idée d'apporter des fleurs à sa maîtresse, frappant chaque caillou d'un coup de pied, s'extasiant devant le plus banal insecte, nul ne pourrait soupçonner ce qu'est sa vie, son père, cette saleté qu'elle a dans la tête.

L'aventure du matin n'est finalement qu'un épisode parmi d'autres éléments traumatisants. Lou le surmontera, comme elle le fait avec le reste. Elle est entraînée à tourner la page.

Voilà ce que Romane croit. Voilà ce qu'elle veut croire.

L'espoir que cette histoire ne soit bientôt plus qu'un mauvais souvenir se brise quelques secondes plus tard, au débouché du tournant qui mène à la maison.

Lou s'arrête brutalement.

Avant même d'en connaître la raison, Romane sent la peur reprendre le contrôle de son corps. Elle bondit vers Lou, la tire en arrière, et découvre son père installé à la table du jardin. Il est en partie caché par le colosse qui lui fait face.

Même si elles ne le voient que de dos, les deux sœurs n'ont aucun doute sur son identité. L'homme est l'assassin de la forêt. Le seul changement réside dans le brassard de police qu'il porte sur la manche de sa veste. Il est accompagné d'un deuxième homme, équipé lui aussi d'un brassard.

– C'est pas des vrais policiers, chuchote Lou. L'homme sans nombril, c'est un voleur. C'est quoi que mon ami m'a dit.

– T'as raison, ils veulent juste faire croire qu'ils sont policiers pour obtenir des informations plus facilement, répond Romane.

Comment le colosse a-t-il fait ? Comment les a-t-il retrouvées ?

Les questions qui envahissent l'esprit de Romane font barrage à la panique. Elle sait déjà comment réagir.

Si l'homme se retourne et les repère, les deux sœurs n'auront peut-être pas autant de chance qu'avant.

Il faut agir vite.

6

Parfois, pour ne pas attirer l'attention, il faut se convaincre que tout va bien, qu'on n'est pas pressé, qu'on est tellement banal qu'on en est devenu invisible. Mais rien n'est plus difficile que d'avoir l'air normal quand la situation ne l'est pas.

Romane entraîne Lou en arrière d'un pas furtif. Elle a du mal à se retenir de courir. Un mouvement brusque, un bruit inattendu risqueraient d'alerter l'assassin. Mais elle ignore ce que le meurtrier trame en venant ici, et la peur de ne rien savoir dépasse celle que lui inspire le colosse. Cette fois, Romane ne fuira pas. Pas tout de suite.

Elle sait qu'il est inutile de demander à Lou de rester cachée pendant qu'elle s'éloigne. C'est donc à deux qu'elles pénètrent dans un jardin voisin et, toujours silencieusement, qu'elles longent les haies jusqu'à s'approcher suffisamment pour entendre leur père et le colosse parler.

Si les battements du cœur résonnaient dans la cage thoracique comme les sons d'une batterie, le quartier tout entier serait secoué par un rythme endiablé.

Romane compte dans sa tête pour se calmer. Lentement, aller de un jusqu'à dix, puis recommencer à l'envers. C'est son prof de sport qui lui a enseigné cette technique pour maîtriser son stress. Sans même s'en rendre compte, elle serre les lèvres à chaque chiffre.

Lou s'est coulée à ses pieds, accroupie, comme si elle pouvait se dérober à la vue des autres.

Leur père s'est éclipsé. Il ressort de la maison quelques secondes plus tard, un papier à la main. Ce n'est que lorsqu'il le donne au colosse que Romane reconnaît une photo au travers du feuillage de la haie : c'est la dernière qu'elle a prise avec son portable et qu'elle a imprimée à la bibliothèque. La maîtresse de Lou avait demandé aux enfants de la classe d'apporter une photo de leur famille pour la coller dans leur cahier de vie.

– Merci, dit le colosse en glissant la photo dans sa poche, on fera notre possible pour les retrouver très vite.

À son tour, l'homme tend un papier à leur père. Une carte, avec un numéro griffonné.

– Et si vous avez la moindre nouvelle de vos filles, vous me passez un petit coup de fil... Vous avez bien compris que c'était une question de sécurité pour elles, hein ? C'est important.

– Merci, répond le père, merci pour votre aide.

Une poignée de main, et le colosse et son acolyte s'éloignent. Le père garde la carte serrée entre ses doigts, la bouche entrouverte, les yeux dans le vague. Romane reconnaît les signes : l'alcool coule encore dans ses veines.

Si seulement leur famille était normale. Si seulement elle et Lou pouvaient courir vers lui et tout lui expliquer. Leur père les protégerait, il appellerait la police, il les rassurerait et les serrerait dans ses bras.

Mais son père n'agit plus comme un père. Il les aime, c'est sûr, mais il pourrait leur faire du mal sans le vouloir, en prenant la mauvaise décision. Même si Romane lui expliquait la situation, il serait capable d'appeler le colosse en pensant les protéger.

En cet instant, Romane le déteste plus encore que l'assassin.

C'est sous la cabane du terrain de jeux que les deux sœurs se réfugient, comme le premier soir où elles avaient dû se mettre à l'abri de la folie alcoolique de leur père.

L'évidence saisit Romane au moment où elle s'assoit sur le petit banc qui court le long de la paroi. Son devoir de maths.

Elle l'a lâché quand elle a découvert le corps, et il comportait son nom, son prénom et sa classe tout en haut à gauche dans la marge. Rien de plus simple que de retrouver son adresse sur Internet.

Elle grimace un sourire amer. Trahie par un devoir de maths, c'est quand même bête.

– Faut aller à la police, dit Lou.

Romane lui caresse doucement les cheveux.

– On ne peut pas, c'est trop risqué.

– Mais le méchant sans nombril, c'est un voleur. Faut que les policiers ils le mettent en prison.

– Je sais, MiniLou, mais tu te souviens du jour où on a vu l'assistante sociale ?

À cette simple évocation, Lou se recroqueville sur elle-même : bras croisés, tête baissée, sourcils froncés.

– Je me rappelle, murmure-t-elle.

C'était un an auparavant, Lou n'avait alors que quatre ans. Sa maladie venait d'être diagnostiquée. Et leur médecin traitant savait que leur père n'arrivait pas à se sortir de son labyrinthe alcoolique. Il avait alors appelé les services sociaux, et une assistante sociale s'était présentée à leur domicile.

Elle était restée longtemps, parlant avec chacun d'entre eux. Elle avait proposé de placer Romane en foyer. « Tu n'auras plus les soucis du quotidien à gérer. Tu pourras suivre l'école sereinement, vivre ta vie d'adolescente. Et puis ce n'est que le temps que les choses aillent mieux. »

Romane s'était répétée cette dernière phrase en boucle. Le temps que les choses aillent mieux. Quel mensonge ! Les choses n'iraient jamais mieux !

Une famille d'accueil avait une place de libre pour prendre Lou en charge. L'assistante sociale avait dit que le suivi médical de Lou serait plus facile. « Vous n'aurez pas à vous déplacer pour tous les rendez-vous, ce sera plus simple ! »

Leur père avait été tenté de donner son d'accord. Un regard dur et tranchant de Romane l'en avait dissuadé.

Depuis, la situation s'était dégradée. Le diagnostic du médecin était sans appel : les gliomes dans le cerveau de Lou se développaient rapidement. Il n'existait pas d'autre technique que la chirurgie pour en venir à bout. Les gliomes étaient tellement nombreux, tellement étendus et profondément enfoncés dans le cortex qu'aucun praticien n'accepterait de pratiquer l'intervention. Le diagnostic était sans appel : Lou n'avait que peu de temps à vivre.

Romane refusait qu'elle passe ce temps séparée d'elle, auprès d'inconnus. Elle s'était fait une promesse : jamais elle n'abandonnerait sa petite sœur.

Après la visite de l'assistante sociale, Lou avait fait des cauchemars pendant plusieurs semaines. Ce n'est qu'avec le temps qu'elle avait retrouvé des nuits plus sereines.

Assise dans la cabane de jeu, Lou se penche jusqu'à appuyer tout son corps contre celui de sa grande sœur.

– Je veux pas que tu me laisses, murmure-t-elle.

– Je ne te laisserai jamais, MiniLou, jamais. Ensemble, à la vie, à la mort, d'accord ?

Romane tend sa main ouverte, Lou y applique la sienne. Le pacte est scellé.

7

Dans n'importe quelle histoire de cavale, il y a toujours le même élément central : l'argent. Si on n'a pas d'argent, on ne reste pas caché longtemps.

Romane a l'habitude de gérer de l'argent. Chaque début de mois, quand le salaire de son père est versé sur le compte bancaire, elle imite sa signature sur des chèques et règle les factures sur Internet.

Elle profite ensuite du premier moment d'hébétude de son père pour lui prendre sa carte bleue, aller retirer de l'argent liquide et le cacher. C'est avec ça qu'elle paie les courses. Elle ne prend que le strict nécessaire : le reste doit suffire à payer l'alcool jusqu'à la fin du mois, sans quoi son père devient fou.

Inutile de compter dessus aujourd'hui : en ce début de mois de mai, elle n'a pas encore eu le temps de subtiliser la carte de paiement. Dans la réserve, il ne doit rester que quelques euros, de quoi acheter du pain et du lait pour deux ou trois jours.

Romane a bien quelques économies dissimulées dans le pied métallique de son lit, le résultat des baby-sittings des mercredis. Mais c'est dérisoire. Et avec leur père assis à la table du jardin, encore trop alcoolisé pour qu'on puisse lui faire confiance, il n'y a pas d'autre solution que de trouver de l'argent ailleurs.

Elle aimerait tellement pouvoir se reposer sur les épaules de quelqu'un. Mais c'est à elle de dénicher les moyens de mettre sa petite sœur à l'abri.

– J'ai faim ! dit Lou.

Il est bientôt midi. Romane elle aussi sent son estomac s'agiter.

– Tu te rappelles la maison des Prudhon, là où je garde les enfants ? On va y aller, voir s'ils ont quelque chose à manger.

– Ils seront d'accord, les Prudhon ?

– Ils sont au travail, mais je sais où est la clé.

Elles se mettent en chemin.

Lorsqu'elles aperçoivent leur voisine qui arrive en face, son chien en laisse, il est trop tard pour l'éviter. Madame Bérard est la pire commère du quartier, elle ne manquerait pas de s'interroger sur leur comportement.

Tandis qu'elle s'arrête devant les deux sœurs, son sourire craquelle l'épaisse couche de fond de teint qui recouvre son visage.

– Si vous saviez comme ça me fait plaisir de vous voir ! Comment va votre papa ? Et la petite, la pauvre chérie, ça s'arrange ? Vous avez revu le médecin ? Il faudrait aller chez mon énergéticien. C'est un vrai magicien ! En une seule séance, il a réussi à régler mes problèmes de sommeil. Après toutes ces années à ne pas dormir, on peut parler d'un miracle ! Il a des mains en or, un don. Il pourrait peut-être faire quelque chose pour la petite. Tu sais, Morgane, tu peux compter sur moi si tu as besoin de quoi que ce soit. D'ailleurs, j'ai un reste de lasagnes, ça vous plairait pour ce soir ? C'est important de bien se nourrir.

Sous l'avalanche de mots, les deux sœurs ne disent rien. Romane serre les dents. Elle déteste cette femme à l'apparence si affable mais qui peut se montrer parfois cruelle pour le plaisir de faire circuler les rumeurs. Cela lui demande un effort énorme de ne rien montrer de son mépris. On ne sait jamais, elle pourrait avoir besoin d'elle, un jour.

La femme ébouriffe la tête de Lou comme elle le ferait d'une bête abandonnée dont elle aurait pitié. Elle pose sa main compatissante sur le bras de Romane, en même temps qu'elle la baptise du nom de Morgane.

Son chien, le cou à moitié étranglé à force de tenter d'approcher un buisson, lève la patte et laisse couler quelques gouttes d'urine sans atteindre sa cible.

Un peu plus loin, un gros 4 x 4 noir aux vitres teintées passe dans la rue perpendiculaire, sans tourner dans leur direction. Romane connaît les voitures des habitants de la petite résidence, personne ne roule dans un 4 x 4 comme celui-là.

Un frisson glacé court le long de son dos. Son instinct lui murmure de ne pas rester là. Les complices du colosse ; ils les cherchent. Elle interrompt la voisine au milieu d'un récit sur les pissenlits qui ruinent les pelouses.

– C'est très gentil, madame Bérard, vraiment. Mais on doit y aller, sinon on va être en retard.

– Bien sûr, ma petite chérie, lui répond la voisine en tapotant la joue de Lou, c'est important, l'école.

Sans plus attendre, les deux sœurs se sauvent à grands pas. Ce n'est que lorsqu'elles se trouvent à l'abri des haies qui entourent la cour avant des Prudhon qu'elles s'arrêtent, essoufflées.

La clé est bien là, sous les pinces à linge, dans le pot accroché à l'étendoir. Avant de l'ouvrir, Romane sonne à la porte pour s'assurer qu'il n'y a personne. Après quelques secondes d'attente, elles entrent dans la maison déserte.

Les voilà à l'abri. Enfin !

8

Dès la porte de la maison franchie, Romane reconnaît le petit pincement au cœur qu'elle ressent à chaque fois qu'elle vient garder les enfants des Prudhon.

L'endroit respire la vie heureuse d'une famille ordinaire. Il y a des chaussures en vrac sur le tapis de l'entrée, des jouets ici et là sur le sol du salon, un déguisement d'astronaute abandonné sur le canapé, un réfrigérateur plein de légumes, de laitages, de restes enfermés dans des boîtes, de condiments alignés dans la porte.

– Des œufs brouillés, ça te tente ? demande-t-elle à Lou. Y a du ketchup.

– Et je peux avoir un yaourt à la fraise en dessert ? approuve la petite sœur.

Romane attrape une poêle, y casse huit œufs sans attendre qu'elle soit chaude.

– Regarde dans le placard en bas, il doit y avoir des gâteaux et des compotes aussi.

Un bruit fait sursauter Lou qui se réfugie sous la table, paniquée

– C'est rien, la rassure Romane, c'est juste la trappe du chat.

L'animal traverse la cuisine avec grâce jusqu'à sa gamelle.

Quand Lou allume la télé après avoir mangé la volumineuse brouillade d'œufs, le chat se love sur ses jambes tendues. Bientôt, un ronronnement satisfait s'ajoute au bruit du dessin animé.

Romane coupe le son au moment du générique et s'assoit à côté de sa sœur.

– Si on veut échapper au tueur, on va devoir partir loin d'ici. Ça ne va pas être drôle, surtout qu'on ne connaît personne chez qui aller. Si tu veux, je peux demander aux Prudhon de te garder. Je suis sûre qu'ils seraient d'accord si je leur dis que je dois m'absenter et que je préfère que tu ne restes pas toute seule avec papa. Tu te feras passer pour leur fille. Et quand le gars qui nous cherche en aura marre de fouiller tout le quartier pour rien, je reviendrai.

Lou secoue la tête, lentement, à droite et à gauche.

– Ils s'arrêteront pas, il s'arrêteront jamais. Ils veulent me trouver pour savoir où c'est qu'elles sont, leurs briques.

– Qu'est-ce qu'il t'a dit exactement, le gars, avant de mourir ?

– C'est après que le méchant le tue qu'il a parlé.

– Ne recommence pas avec tes histoires de fantômes ! s'exclame Romane.

– Mais c'est vrai ! Il a dit que le méchant il avait plus de nombril, parce qu'un jour il avait reçu une balle pile dedans, et qu'il restait plus qu'une cicatrice en forme de trait au milieu du ventre. Lui, il a dit « bide », pas « ventre ». Et il a dit aussi qu'ils ont volé des briques, plein de briques, cinq cents ! Mais que lui, il les a cachées. Et même qu'il m'a dit où, mais c'est un secret.

– Ça ne se vole pas, des briques, ça s'achète dans les magasins de bricolage.

Lou chasse le chat et se couche la tête sur les genoux de sa sœur, son doudou au bord des lèvres. Romane lui caresse doucement le front, emportant en arrière les mèches qui lui tombent devant les yeux.

Comme sa petite sœur paraît fragile sur ce grand canapé de cuir ! Impossible de démêler le vrai du faux : est-ce que l'homme agonisait quand il lui a parlé ? Est-ce qu'elle a tout inventé ? À moins qu'il ne s'agisse d'une hallucination auditive, comme l'a dit le médecin ?

Lors de leur dernière visite, Romane avait préparé le rendez-vous. Elle avait cherché sur Internet toutes les informations sur la maladie de Lou. Le médecin avait hésité à parler de l'état de santé de sa sœur avec elle, une mineure. Mais il avait dû se rendre à l'évidence : leur père ne viendrait pas à la consultation.

– On ne sait pas à quelle vitesse la situation va se dégrader, avait-il dit. Lou peut vivre encore deux mois ou bien deux ans, personne ne peut le savoir.

– Il y a une chirurgienne qui opère ce genre de gliomes aux États-Unis.

Le médecin avait soupiré en écoutant Romane parler.

– Ce n'est qu'un essai clinique, il ne faut pas se créer de faux espoirs. C'est presque impossible de réussir, et les séquelles peuvent être nombreuses.

– « Presque », c'est un vrai espoir. Elle a déjà guéri des gens.

– Elle en a tué bien plus qu'elle n'en a guéri. C'est une jeune consœur, qui prend des risques inconsidérés. On n'a aucune vision des effets de l'opération à long terme !

– Vous venez de me dire que Lou est condamnée, qu'elle mourra de toute façon, alors on s'en fiche du long terme ! Pourquoi on ne tente pas le coup ?

– La question ne se pose même pas, à moins que tu aies deux cent mille euros dans ta tirelire pour payer l'opération. Les chances de réussite sont proches de zéro, la Sécu n'acceptera pas de financer ça. Oublie, Romane, ça vaut mieux. Profite des moments que tu partages avec ta sœur, c'est le plus important. Et dis à ton père de passer me voir.

Sur ces derniers mots, il s'était levé pour se diriger vers la porte de son bureau. Le message était clair : la consultation était terminée.

Romane était restée sur sa chaise, déterminée à n'en point bouger.

Après une interminable minute de silence, le médecin était revenu s'asseoir à son bureau où il avait poussé un long soupir.

– Romane, j'ai déjà transmis le dossier de ta sœur au professeur Duffau, le spécialiste de ce genre d'interventions en France. C'est lui qui a formé la chirurgienne dont tu parles. C'est vrai qu'elle est réputée pour soigner les cas désespérés, mais ça ne veut pas dire qu'elle opère tous les patients. Pour chaque cas qu'on lui présente, elle étudie l'IRM, elle veut vérifier que les connexions neuronales ne sont pas endommagées par les gliomes, que le cerveau pourra en recréer de nouvelles dans les zones atteintes. Le plus souvent, elle refuse les patients, surtout quand ils ont déjà été refusés par un confrère.

– Faisons cette IRM, avait répondu Romane.

Le médecin avait hoché la tête lentement, sans quitter Romane des yeux, le temps de prendre sa décision. Puis il avait décroché son téléphone.

– L'imagerie pédiatrique ? Est-ce que vous auriez un créneau d'IRM cérébrale pour une petite de cinq ans ?

Lorsqu'il avait raccroché, il avait ajouté une note au dossier de Lou.

– Ils vous attendent dans le service, au rez-de-chaussée, dans dix minutes. J'enverrai le compte rendu médical à la chirurgienne. Quand j'aurai sa réponse, je te passerai un coup de fil.

9

Assise sur le canapé des Prudhon, Romane sourit en regardant le visage décontracté de Lou posé sur ses genoux. Du bout de son index, elle joue avec le lobe de son oreille par petites pichenettes. Très vite, Lou commence à rire, et tend sa main vers elle pour lui faire elle aussi des chatouilles.

Bientôt, elles roulent par terre, secouées par un fou rire contagieux.

Le calme revenu, les deux sœurs se sentent détendues. Couchées sur le tapis, elles observent le plafond, songeant à ce qui les attend.

À cette minute, Romane sait que la sonnerie de reprise des cours résonne dans son collège. C'est là-bas qu'elle devrait être. En train de discuter de rien, de tout, de ces petites choses qui remplissent une vie sereine.

Cela fait un moment qu'elle a l'impression de passer à côté de sa vie, elle s'est habituée à cette boule de haine qui crée une tension dans son ventre. Elle hait sa vie, mais elle aime vivre.

Romane se relève.

De part et d'autre de la porte menant du salon au couloir des chambres, deux Playmobil géants montent la garde. Elle connaît leur secret. Le plus âgé des enfants de la famille Prudhon le lui a révélé innocemment, deux ans plus tôt. Elle jouait avec lui aux figurines et s'était approchée du grand pirate pour l'intégrer à leur partie.

– Le pirate, c'est pas un jeu, s'était exclamé l'enfant, c'est la tirelire de papa et maman.

Le soir venu, tandis que l'enfant dormait, Romane avait trouvé comment dévisser la tête. Elle y avait découvert des billets, rassemblés avec un trombone. Elle les avait remis à leur place, sans y toucher.

Aujourd'hui, c'est la deuxième fois qu'elle démonte la tête de la figurine géante. Elle aperçoit les billets avec soulagement. Les Prudhon n'ont pas changé de cachette.

Au moment de les prendre, une hésitation la freine. Cette famille a toujours été correcte avec elle. Les parents ajoutent souvent un bonus quand ils rentrent tard, ils lui proposent de piocher ce qu'elle veut dans leur réfrigérateur, leurs enfants sont joyeux et plutôt obéissants. Et voilà qu'elle s'apprête à les voler.

Mais elle n'a pas le choix. Elle doit surmonter la honte qu'elle ressent si elle veut avoir une petite chance de s'enfuir loin du colosse avec Lou ! Peut-être que si les Prudhon étaient là, ils choisiraient d'eux-mêmes de lui donner cet argent.

Romane compte les billets : sept de vingt euros, cinq de dix et deux billets de cinquante. Deux cent quatre-vingt-dix euros. Même si cela représente une grosse somme, une fois un nouveau matériel de camping payé, il faudra économiser sur le reste : pour acheter à manger, des habits, des tickets de bus. Si au moins elle savait où aller…

– Waouh ! s'exclame Lou, ça fait des gros billets !

La remarque de Lou achève de convaincre Romane de tout empocher.

– Tu veux faire un dessin aux Prudhon ? propose Romane. Je vais aussi leur faire un petit mot, et on laissera les deux dans le Playmobil.

Enthousiaste, Lou s'applique à représenter une famille tandis que Romane s'excuse par écrit de ne pouvoir expliquer pourquoi elle a pris cet argent tout en affirmant qu'elle n'a pas le choix, et qu'elle les remboursera dès qu'elle le pourra.

Une fois les deux papiers rangés dans la tête du pirate, Romane tend la main à Lou.

– Viens, on va faire un tour dans les chambres.

– On va jouer ?

– Mieux que ça, on va faire de la magie !

Assise sur le lit de la chambre parentale, Lou attend Romane qui s'est enfermée dans la salle de bains. Quand sa grande sœur en ressort, elle éclate de rire.

– T'es devenue un garçon ? s'étonne-t-elle

Bras écartés, tournant sur elle-même, ses cheveux serrés sous une casquette, Romane lui montre les détails de sa tenue. Elle a emprunté au père de famille un jean qu'elle a sanglé avec une ceinture de cuir, un tee-shirt et un sweat, en se promettant de tout rapporter dès que possible.

– Ils sont où, tes seins ? s'étonne encore la petite Lou.

Pour toute réponse, Romane soulève son tee-shirt. Sa poitrine est bandée sous une écharpe enroulée autour de son buste.

– Tu le trouves comment, ton nouveau frère ? demande Romane.

– Très belle !

Romane lui sourit.

– Ils cherchent deux filles, une grande et une petite. Ils feront peut-être moins attention à un gars avec sa sœur.

– Moi aussi, je peux me déguiser ? s'amuse Lou. Je veux une salopette en jean !

– Il n'y a pas d'enfant de ton âge, ici, donc pas d'habit à ta taille. Ça vaut mieux, t'aurais pu t'emmêler les pinceaux en te déguisant en garçon.

– Quels pinceaux ? J'ai pas de pinceaux !

– C'était une expression de maman, ça veut dire s'embrouiller les idées. Tu m'attends deux minutes ? J'ai un dernier truc à faire pour terminer.

Elle retourne dans la salle de bains, enlève sa casquette et, les deux mains posées de part et d'autre du lavabo, scrute son portrait dans la glace. Ses longs cheveux foncés encadrent son visage.

Longtemps elle ne bouge pas, jusqu'à soupirer profondément. Elle attrape alors la tondeuse sur une étagère, équipée d'un sabot de trois millimètres.

Elle hésite. Et si cette parenthèse de tranquillité pouvait rester ouverte pour toujours ? Elle pourrait simplement attendre le retour des Prudhon et tout leur raconter. Ce sont des gens bien, ils les aideraient.

Mais la réalité l'oblige à regarder les choses en face : il n'y a pas cinquante manières de les aider en restant dans la légalité. Les Prudhon appelleraient la police, l'assistante sociale viendrait les chercher, Lou partirait dans une famille d'accueil tandis que Romane rejoindrait un foyer. Le colosse risquerait même de les retrouver plus facilement. Et, dans tous les cas, il serait trop tard pour revenir en arrière. Lou est petite, innocente. Elle mérite tous les sacrifices.

Alors, les yeux baissés pour ne pas se voir dans le miroir, la main crispée sur la tondeuse, Romane se rase la tête.

10

La tondeuse a retrouvé sa place. Romane regarde les mèches de sa chevelure qui tapissent le fond du lavabo. Elle n'arrive pas à relever les yeux, à se confronter à ce nouveau visage qui l'attend dans la glace.

Lou entre à cet instant, avec sa fougue habituelle.

– J'ai envie de pipi !

La surprise la fait s'exclamer.

– Tes cheveux ! Ils sont plus là ! T'es trop jolie, on dirait un Pitchou !

– Pitchou ?

– Le cochon d'Inde de la classe. Il a des poils tout courts, et c'est tout doux quand on le caresse. Je peux toucher ?

Romane se penche vers sa petite sœur, et sent sa main caresser sa tête. L'enfant éclate de rire.

Pendant que Lou fait pipi, Romane se relève et ose enfin se regarder en face. Le choc est moins rude qu'attendu. Du bout des doigts, elle explore les discrets reliefs de son crâne sous ses cheveux ras. Ses traits ont l'air plus fins, son visage plus délicat. L'objectif est loin d'être atteint : elle ne ressemble pas vraiment à un garçon.

– Attends-moi dans la chambre des parents, MiniLou, je nettoie tout ça, et après je vais chercher un bonnet pour cacher ma tête.

Une fois nourries, habillées, de l'argent dans les poches, les deux sœurs savent le moment venu. Il faut partir. Elles ont rangé la cuisine, lavé la salle de bains, effacé toute trace de leur passage.

Le cœur de Romane s'emballe dans sa poitrine. Elle a saisi tous les prétextes pour repousser ce moment. Combien sont-ils, dehors ? Elle n'a vu que deux hommes, mais ils ne sont sûrement pas les seuls.

La jeune fille a l'impression que le colosse les attend derrière la porte, qu'elles ne pourront pas faire un pas sans se faire prendre.

Mais sa raison est plus forte que l'émotion. Romane se répète que c'est la peur qui lui fait imaginer le pire pour l'inciter à rester à l'abri. Comme cette panique qu'on ressent après avoir regardé un film d'horreur, quand on a l'impression d'entendre des monstres assoiffés de sang cachés partout dans sa maison. La seule chose certaine pour leur sécurité, c'est qu'il ne faut pas rester là et se donner une chance de partir loin, très loin de celui qui les recherche.

– Faudra être discrètes dehors, dit Romane, le colosse et ses potes doivent traîner dans le coin.

La maison des Prudhon est proche de la gare, pourtant le trajet semble interminable. Fini la cueillette des fleurs, fini les coups de pied dans les cailloux le long du chemin, Lou avance sagement en donnant la main à sa sœur. Elles sont tendues, sur le qui-vive, concentrées pour ne pas attirer l'attention, à l'affût de la moindre trace du colosse. Même un chiot craquant croisé sur le trottoir ne suffit pas à détourner leurs regards.

Dans le hall de la gare, Romane hésite à acheter un billet, partagée entre le besoin de ménager leurs maigres économies et la peur qu'un contrôleur zélé ne fasse intervenir la police.

La peur est la plus forte. Pour décider de leur destination, elle jette un coup d'œil au tableau des départs. Le premier train à quitter la ville dix minutes plus tard est à destination de Caen.

Romane s'approche de l'automate, achète deux allers pour Caen et rejoint le quai où le train est déjà à l'arrêt.

– Allez grimpe, dit Romane devant la porte d'un wagon.

– C'est où qu'on va ?

– Loin d'ici.

Lou escalade les hautes marches et s'engage entre les rangées de sièges. Sans attendre l'assentiment de sa grande sœur, elle s'assoit dans un carré, face à une mère et sa fille. L'enfant a environ le même âge que Lou.

À son tour, Romane s'approche. Un rapide coup d'œil alentour la rassure : dans le carré d'à côté est installé un vieux couple.

La femme fait défiler des photos de leurs vacances avec leurs petits-enfants sur l'écran de son téléphone, en les commentant à voix haute. L'homme fait semblant de s'y intéresser, même si son regard se porte davantage vers la fenêtre que sur l'écran.

Devant, derrière, quelques voyageurs solitaires, occupés sur leur téléphone. Rien de suspect.

La jeune femme installée dans le carré recule ses pieds et Romane la remercie d'un sourire.

Quelques secondes suffisent après le départ pour que la fille en face de Lou lui propose de jouer avec elle. Sous le regard indulgent de sa mère, celle qui s'appelle Fatou tend une toupie à Lou et en lance une autre sur la table qui les sépare. Lou lance la sienne. Les tornades de plastique tournent, ralentissent, repartent, tombent par terre. Les deux filles s'amusent, inventant mille manières de jouer, observées par le vieux couple attendri de l'autre côté de l'allée centrale.

Romane leur envie ces petites minutes de bonheur.

– On se prend en selfie ? propose Fatou. Maman, tu me prêtes ton portable ?

La mère lui tend l'appareil, mais Romane intervient.

– Je pense que c'est mieux sans la photo.

– Pas de souci, dit la mère en renfournant le téléphone dans son sac.

– Pourquoi ? demande Lou, je veux une photo, moi !

Romane n'a pas le temps d'inventer une réponse. Le voile qui passe sur le regard de sa sœur montre que la réalité l'a rattrapée. Elle avait oublié le colosse. Une parole a suffi à le lui faire revenir à l'esprit.

– Pourquoi Lou elle a pas le droit de prendre une photo ? demande à son tour Fatou.

Sa maman sourit à Romane en apportant des explications à sa fille.

– On ne se connaît pas assez, mais vous pouvez faire une photo dans votre tête toutes les deux. Ce sera un souvenir.

De l'autre côté du couloir, la dame se penche vers Romane.

– Qu'est-ce qu'elles sont mignonnes ces demoiselles. C'est votre petite sœur, jeune homme ?

– Oui.

Romane ne la regarde pas en lui répondant. Mieux vaut éviter d'inciter cette femme bavarde à continuer à discuter. Mais la pie ne se décourage pas.

– Et vous allez où ?

– On va à...

Romane interrompt sa réponse spontanée en faisant semblant de tousser. Il faut raisonner en fugitive, éviter de laisser des traces qui pourraient mettre leurs poursuivants sur la piste. Elle se penche vers Lou pour détourner l'attention.

– Assieds-toi correctement.

– Nous, on va préparer notre maison de vacances, ouvrir les volets, brancher l'eau chaude, faire un peu de jardinage. C'est pour accueillir nos petits-enfants. On en a cinq, il faut dire qu'on a trois filles et...

Tandis que la dame raconte tout de sa vie, Romane reste muette dans l'espoir de mettre fin à l'échange. Mais c'est sans compter l'insatiable besoin de parler de son interlocutrice. Et blablabli et blablabla, elle ne s'arrête pas. Le plus gênant, ce sont ses nombreuses questions.

Cela fait moins de dix minutes que le train est parti et Romane a de plus en plus de mal à les esquiver. Comme elle aimerait avoir son téléphone pour plonger vers l'écran et couper court à la conversation. Elle n'a même pas un livre pour faire semblant !

La mère de Fatou lui adresse un sourire complice en levant les yeux au ciel.

– Vous n'allez pas à l'école, aujourd'hui ?

Lou s'arrête aussitôt de jouer et rend sa toupie à Fatou.

– On fait l'échange ? demande Fatou.

– Non, j'ai plus envie de jouer.

La réponse et le ton triste de Lou serrent le cœur de Romane. Elle rouvre les yeux et prend sa petite sœur sur ses genoux. La tête de l'enfant est posée sur sa poitrine bandée.

Cette fois, c'est un regard compatissant que lui adresse la mère de Fatou. Elle sent sûrement que quelque chose ne tourne pas rond. Un instant, l'idée de lui demander de l'aide effleure l'esprit de Romane. Le danger lui revient aussitôt en tête. Trop de risques.

À défaut d'avoir trouvé une solution rassurante à leur cavale, Romane décide d'offrir un moment d'évasion à Lou. De sa voix de conteuse, elle commence une histoire.

– Il était une fois une autruche qui voulait s'envoler vers la Lune.

Les deux petites filles l'écoutent, passionnées.

Mais tandis qu'elle raconte, Romane entend la dame murmurer à l'oreille de son mari.

– Tu trouves pas ça bizarre, ces deux gamins, toi ? Ils voyagent seuls, un jour d'école. Et t'as vu comme la petite a l'air triste ?

Le ton comme les paroles ne laissent aucune part au doute : la vieille femme se méfie, il faut fuir, ne pas se laisser ligoter par la toile de questions que l'araignée tisse autour d'elles. Le couple finira par appeler la police s'ils comprennent que les sœurs ont fugué.

Le train ralentit en même temps qu'est diffusé un message d'information.

« Notre train arrive en gare de Bayeux. Veuillez ne descendre qu'à l'arrêt total du train, et en présence d'un quai. La SNCF vous souhaite une bonne journée. »

Romane conclut son histoire.

– Allez viens, Lou, c'est là qu'on descend.

Un petit signe à Fatou et sa mère, un « bonne journée » adressé au couple, et les deux sœurs rejoignent la sortie du wagon.

11

Sur le quai, Romane tire Lou par la main. La gare est presque déserte. Aucune correspondance n'est annoncée avant deux heures. Romane scrute les panneaux et les murs, à la recherche d'un bus ou de n'importe quel moyen de transport qui pourrait les emmener plus loin encore. Elles ne peuvent pas rester ici : il faut brouiller les pistes au cas où le colosse retrouverait la dame du train.

Dehors, de l'autre côté de la place, Romane remarque la boutique de la gare routière.

– On va voir si on peut prendre un bus, dit-elle à Lou.

– Il est où le bus ?

– Il n'y en a pas encore, mais on va aller se renseigner.

C'est en sortant qu'elle découvre une mauvaise surprise sur le parvis.

Le vieux couple est lui aussi descendu à Bayeux. Le mari s'éloigne vers la station de taxis, tandis que la dame leur fait un petit signe.

– Vous voilà ! s'exclame-t-elle. Quelqu'un vient vous chercher ?

Un mensonge, n'importe quoi d'un peu crédible pour assouvir la curiosité de cette femme. Romane énonce la première idée qui lui vient à l'esprit.

– Nos parents ne devraient pas tarder à arriver, répond Romane. Bonne journée !

Malgré cette réponse, la femme s'accroche.

– Ça m'embête de vous laisser seuls, un tout jeune homme et sa petite sœur... Je vais rester un moment avec vous. De toute façon, je ne suis pas pressée, mon mari va nous appeler un taxi.

Romane se mordille la lèvre inférieure avec nervosité. Comment se dépêtrer de cette femme qui refuse de les lâcher ? Il va falloir trouver une solution... et vite !

– C'est gentil, madame, dit-elle, mais c'est pas la peine. Nos parents sont toujours un peu en retard, ça n'a rien d'inquiétant.

Romane tente d'afficher un sourire décontracté, mais l'angoisse le transforme en une grimace tendue.

– Taratata ! Si c'était mes petits-enfants qui étaient à votre place, j'apprécierais vraiment qu'une mamie comme moi veille à ce que tout se passe bien. On ne sait jamais, il arrive tellement de choses horribles de nos jours...

Romane serre la main de Lou qui, pendant cet échange, joue à sauter d'un côté à l'autre d'une dalle du sol pavé. Heureusement, la petite ne s'est pas étonnée que Romane parle de « leurs parents » imaginaires.

Et maintenant, que faire ? La vieille va finir par se douter de quelque chose. Elle pourrait penser que le jeune homme et sa petite sœur ont fugué, elle pourrait même se rendre compte que le soi-disant jeune homme est une jeune fille. Pire ! Elle pourrait appeler la police, avec le sentiment du devoir accompli.

Il n'y a qu'une solution : trouver un parent d'emprunt le temps de rassurer la grand-mère.

Une femme ? Un homme ? N'importe qui de pas trop jeune ferait l'affaire. Romane repère un homme qui marche le long de la route vers la gare, un journal à la main. Un jean, de gros godillots, un vieux pull camionneur ouvert sur une chemise de bûcheron, il a une allure passe-partout et il est difficile de lui donner un âge. Le profil idéal pour ce que Romane s'apprête à faire.

L'homme est encore assez loin pour que la vieille femme n'entende rien de ce que Romane lui dira.

La jeune fille exerce une petite pression sur les doigts de Lou. À défaut de pouvoir la prévenir de son plan, elle espère que l'enfant jouera le jeu spontanément.

– Ah ! voilà papa ! s'exclame Romane. Au revoir, madame, et merci !

Sans attendre la réponse, Romane entraîne Lou vers l'inconnu au journal.

– Bonjour, monsieur, est-ce que vous pourriez m'aider, s'il vous plaît ? On a fait un pari un peu idiot avec ma grand-mère. J'ai parié que je saurais convaincre un inconnu de faire un petit coucou de la main, comme une miss France. Est-ce que vous pourriez faire un petit signe, s'il vous plaît ?

L'homme s'arrête. Il observe longuement Romane et Lou.

Est-ce qu'il peut voir à quel point Romane est stressée ? De sa bonne volonté dépend leur liberté ! Les quelques secondes qui passent semblent être des heures.

Romane serre les dents et tente de se convaincre qu'il ne peut pas entendre son cœur tambouriner à vive allure dans sa poitrine. Elle offre un visage aussi serein que possible, comme si tout était normal, comme si la seule question de sa journée était de savoir si elle mangerait des tartines à la confiture ou au beurre à l'heure du goûter. À côté d'elle, Lou dévisage l'inconnu avec autant d'attention que lui-même les scrute.

Cinq longues et interminables secondes passent jusqu'à ce que l'homme tourne la tête, regarde la vieille femme et lui fasse un petit signe.

Romane retient un immense soupir de soulagement. Mais l'angoisse revient aussitôt.

Au lieu de s'éloigner, la dame marche dans leur direction !

– Monsieur, dit-elle une fois à leur hauteur, je sais que je me mêle de ce qui ne me regarde pas, mais je me dois de vous le dire. Il n'est guère prudent de laisser voyager seuls des mineurs par le train. Il existe un service d'accompagnement pour ça. J'y ai recours tous les ans, pour mes petits-enfants.

L'homme hausse à peine les sourcils. Il regarde à nouveau Romane, revient sur la vieille femme et, de manière tout à fait inattendue, déclame une phrase comme s'il était sur une scène de théâtre.

– « Les enfants, c'est fait pour grandir, pour s'en aller vers l'avenir. »

Puis, il désigne une guimbarde rouillée garée tout près.

– Allez, les mômes, grimpez dans le carrosse, on décolle !

Son vieil argot ajoute encore au côté poétique de sa tirade inattendue. Pas assez cependant pour empêcher la dame de s'offusquer à voix haute de son comportement.

Sans attendre, l'inconnu avance vers sa voiture, suivi par les deux sœurs. Romane ouvre la porte arrière et la referme derrière Lou, puis elle s'assoit à l'avant, côté passager.

Romane a du mal à croire à ce qu'il se passe. Des doutes l'envahissent.

En temps normal, jamais elle ne serait montée dans la voiture d'un inconnu, encore moins en y entraînant Lou. Et elle est tellement peu habituée à avoir de la chance qu'elle se demande si elle n'est pas tombée sur homme malintentionné. Personne ne sait que les deux sœurs sont ici. En cas de problème, personne ne pourra leur venir en aide.

Tout à coup, la femme restée debout devant la gare apparaît aux yeux de Romane comme un havre de sécurité.

Mais il est trop tard pour changer d'avis. Le moteur tousse un moment avant de s'emballer. La voiture quitte son stationnement et s'éloigne de la gare.

Déjà, Romane fomente un plan pour s'échapper au plus vite, dès le premier feu rouge. La voiture est trop vieille pour avoir une fermeture centralisée, ce sera facile d'ouvrir les portes. Il faut juste espérer que Lou comprenne et réagisse rapidement.

12

Ils sont seuls sur la route, pas de véhicule devant ni derrière, pas de vélo ni de moto. Pas même un piéton. Et pas de feu rouge.

Dans l'habitacle règne une odeur étrange, très éloignée de celle de plastique dont Romane a l'habitude. Impossible de définir laquelle précisément. Quelque chose entre un mélange de terre, d'herbe coupée et de feuilles d'automne. Une odeur de nature qui a de quoi étonner dans une vieille voiture.

– Vous allez où ? demande le chauffeur.

– C'est gentil de nous avoir aidées, répond Romane, mais on va pas vous embêter davantage, vous pouvez nous laisser au prochain parking.

– Vous allez où ? répète-t-il.

– Juste à côté, nos parents doivent déjà s'inquiéter.

– La corde du mensonge est courte. Méfie-toi de ne pas t'y prendre les pieds !

Romane a du mal à cerner cet homme, avec son étrange manière de parler, mêlant du vieil argot et des proverbes. Une chose est sûre : il a compris qu'aucun parent ne les attendait. Elle serre les poings, aussi fort que possible, prête à s'en servir comme d'une arme, à frapper le chauffeur s'il refuse de s'arrêter pour les laisser descendre. Mais pour garder l'effet de surprise, elle doit lui faire croire qu'elle n'a pas peur.

Elle jette un œil aux premiers panneaux de signalisation qu'elle repère et répète à haute voix ce qu'elle lit sur l'un d'entre eux.

– Je m'appelle Romain. Et voilà ma petite sœur, Louise. Notre mère devait venir nous chercher à la gare mais elle a eu un problème avec la voiture. On est tout près de la maison, vous pouvez nous laisser au prochain feu.

L'homme enfourne un chewing-gum dans sa bouche et le mâche bruyamment.

– Y a pas de prochain feu dans le quartier. Mais te fais pas de bile, gamine, je vais vous déposer au Leclerc si c'est ce que tu veux.

Une nouvelle vague de stress déferle sur Romane. Non seulement l'homme sait qu'elles n'habitent pas ici puisqu'elle ne connaît pas les feux sur la route, mais en plus il a compris qu'elle est une fille.

Elle garde les poings serrés, le regard fixé sur la route. Comme elle se sent fatiguée ! Elle subit la tension permanente d'avoir tout à surveiller, d'avoir à trouver des solutions aux problèmes, d'avoir à affronter l'inconnu sans savoir si ceux qui les recherchent sont sur leurs talons.

À cet instant, Lou se penche depuis la banquette arrière.

– C'est comment que tu t'appelles, monsieur ?

Sa voix ne trahit aucune inquiétude. Romane suppose qu'elle est trop petite pour imaginer le danger que l'inconnu représente.

– À quoi bon faire les présentations ? répond le conducteur. Je crois bien qu'on va se séparer là.

Il tourne au carrefour suivant et prend l'accès au parking de supermarché. Il arrête la voiture, loin de l'entrée, et se penche par-dessus Romane. Cette dernière a un mouvement de recul, puis comprend qu'il vise la poignée pour ouvrir la portière.

– Te fais pas de bile, dit-il, c'est juste pour t'aider : la porte s'ouvre mal depuis l'intérieur.

Romane sort et ouvre la porte arrière. Lou a détaché sa ceinture, mais au lieu de mettre le pied dehors, elle se recule sur la banquette.

– Pourquoi tu veux qu'on s'en va ? demande-t-elle. Tu nous aimes pas ?

Le conducteur s'est retourné et la regarde avec un sourire triste.

– Mon cœur est fragile et la vie l'a déjà trop égratigné. Allez, file, va rejoindre ta sœur.

– Fais pas attendre le monsieur, ajoute Romane, il est peut-être pressé.

En guise de réponse, Lou se rencogne au fond de la banquette, croise les bras et fait mine de bouder.

Romane ne sait comment réagir. Elle qui, deux minutes auparavant, avait pour idée fixe de s'éloigner au plus vite de l'inconnu a soudain l'impression que Lou est plus avisée qu'elle. Après tout, s'il leur voulait vraiment du mal, il n'aurait pas permis qu'elles s'en aillent !

La simple idée de reprendre Lou par la main, d'errer au hasard des rues de la petite ville, de réfléchir pour trouver un endroit pour passer la nuit la fait frissonner. Elle n'a qu'une envie : se pelotonner sous une couette, à l'abri, et dormir douze heures d'affilée.

Sans un mot, elle referme la porte arrière, ouvre celle de devant et se rassoit sur le siège passager. L'homme l'observe, un sourcil dressé. Ça lui fait une drôle de tête.

– On a juste besoin d'un petit coup de main, ma sœur et moi, dit Romane. On ne vous causera pas d'embêtements, vous pouvez nous faire confiance.

– Il y a deux minutes, tu me disais que tu t'appelais Romain et tu pensais que j'allais vous faire subir les pires horreurs. Je veux pas d'ennuis, moi.

– On n'est pas des ennuis ! s'exclame Lou. On est les gentils. Et toi, t'es un méchant ?

– C'est pas le problème.

– Ben si ! Le grand, il est un méchant, et il a un pistolet. Et s'il nous rattrape, il va...

Romane se retourne brutalement et bâillonne Lou pour l'empêcher d'en dire davantage.

L'homme baisse la tête et tapote son front sur ses deux poings serrés sur le volant.

– Ça recommence !

– Quoi ? interroge Romane.

– Trop bon, trop con. La dernière fois, c'était un gars, il devait avoir ton âge à peu près, répond l'homme. Il voulait pas aller à Calais comme tous les autres. Son idée, c'était d'embarquer en clandestin sur un ferry à Cherbourg. Et le pire, c'est qu'il a réussi, le petit salopiau !

Le silence se prolonge. Romane et Lou attendent la décision. Longtemps. Des voitures passent sur le parking pour chercher une place au plus près de l'entrée du supermarché. Puis l'homme reprend la parole.

– Je m'appelle Gary. Je vais au cimetière américain de Colleville. Je suis gardien là-bas. Chez moi, y a deux chambres et j'en occupe une. Je cuisine que des boîtes. Je veux bien vous dépanner, mais pas trop longtemps. Les fugues qui durent, ça résout rien, croyez-moi, je parle d'expérience.

Romane sent une bouffée d'air frais envahir tout son corps. Elle ignore pourquoi elle fait soudain confiance à cet homme, mais savoir qu'il accepte de les accueillir, au moins quelques jours, la réconforte plus que n'importe quoi d'autre.

Elle lui tend la main, qu'il saisit pour la serrer.

– Je m'appelle Romane. Et elle, c'est Lou.

– Ouais, moi, c'est Lou ! confirme la petite en se penchant par-dessus le siège avant pour faire un bisou sur la joue piquante de Gary.

– Attache ta ceinture, gamine, on y va !

La portière côté passager claque, la ceinture cliquette et la voiture repart au milieu d'un nuage noir d'hydrocarbures.

13

Et papoti, et papota... Dans la voiture, Gary et Lou bavardent ensemble comme deux vieux copains. La petite ne cesse d'éclater de rire, tandis que l'homme solitaire se frotte la mâchoire. Les muscles de son sourire s'étaient ankylosés, ça lui fait du bien de constater qu'ils existent encore.

Silencieuse, Romane ne parvient pas à se détendre. Elle n'arrête pas de penser à l'après. Gary pourrait changer d'avis et appeler la police. Et même s'il ne le fait pas, il ne les hébergera pas éternellement. Les jours passent si vite... Que feront-elles une fois l'échéance terminée ? Elles n'ont nulle part où aller. Sachant que d'ici là, l'assassin les aura peut-être retrouvées. Et si des gens présents à la gare les avaient vu monter dans le train ? Peut-être que le colosse a trouvé assez d'informations pour remonter jusqu'à elles ?

À défaut de réponse à ses questions, Romane en pose une à Gary.

– Vous avez déjà fugué, alors ?

– Quand j'étais gosse, j'étais comme vous apparemment, sans famille qui tienne le coup. J'ai fugué, et maintenant je sais que si on m'avait pas aidé, y me serait arrivé des bricoles. C'est pour ça que, quand je peux, je rends la pareille. J'ai rien besoin de savoir.

Vingt minutes plus tard, Gary traverse le parking du cimetière, emprunte une route et stationne devant une maison.

– Bienvenue chez moi, les mômes !

Une porte, deux fenêtres, un toit percé de deux velux, le tout entouré d'un jardinet parfaitement entretenu, gardé par un imposant épouvantail affublé d'un chapeau haut de forme.

Les deux sœurs le suivent dans la bâtisse. Le rez-de-chaussée comporte une pièce de vie unique.

– Cuisine à gauche, salon à droite, dit Gary.

– C'est où qu'on dort ? demande Lou.

– Déjà, avant de dormir, tu retires tes godasses. Pas question de saloper partout ! Les chambres et la salle de bains sont à l'étage. La chambre d'ami est à droite, ce sera la vôtre. Y a du bazar, parce que vu que j'ai pas d'amis, ça me sert de débarras. Et pour la télé, c'est moi qui choisis la chaîne.

Tandis que les filles se déchaussent, Gary avance en chaussette dans le coin salon et, télécommande en main, allume la télévision.

Aussitôt, la voix de la présentatrice du JT résonne entre les murs.

« L'homme retrouvé abattu dans la forêt, à quelques pas d'un sentier de randonnée, faisait partie du gang de casseurs ayant dérobé cinq millions d'euros à la banque interrégionale Mainstream. La piste du règlement de comptes est privilégiée. Allons maintenant en Savoie, où l'on vient d'apprendre que... »

Gary coupe le son de l'écran et se dirige vers la cuisine.

– J'y crois pas... Les gars, ils ont cinq cents briques dans la poche, et tout ce qu'ils trouvent à faire, c'est de se poinçonner à coups de pruneaux dans la gueule.

En l'entendant parler, Romane le dévisage en écarquillant les yeux. Les idées s'assemblent dans sa tête, et le puzzle qui prend forme lui ouvre des perspectives inattendues.

Elle vient enfin de comprendre de quoi le mort a parlé à sa petite sœur. Il ne pourrait pas y avoir pire situation que celle-là ! Son dernier espoir, c'est qu'elle se soit trompée.

– Pourquoi tu me regardes comme ça ? interroge Gary. Je dis trop de gros mots, c'est ça ? T'as peur pour la petite ?

– Elle entend pire que ça dans la cour de récré, elle sait bien qu'il ne faut pas les répéter. C'est juste que vous avez parlé de briques. Je me demandais… c'est quoi une brique ?

– Je cause déjà comme un vieux, alors si en plus, tu me vouvoies, ça va me plomber le moral pour toute la semaine. T'as qu'à me dire tu.

Il désigne les placards de la cuisine en énumérant le contenu.

– Là, c'est assiettes, bols, couverts, là y a la bouffe. Mais faudra que j'achète une boîte de chocolat pour le petit déj, j'ai que du kawa. D'façon, si vous avez besoin de quelque chose, vous fouillez puis voilà.

L'homme reprend sa voix d'acteur de théâtre pour ajouter :

– Point de découverte tu feras si en recherche tu ne te démènes pas.

Romane a du mal à se contenir. Elle n'a que faire du chocolat et des assiettes. Elle voudrait hurler pour qu'il lui donne la réponse à sa question. Elle a besoin de savoir, là, tout de suite.

– Et une brique, alors ? relance-t-elle.

– Ah ouais, c'est vrai. Une brique, c'est dix mille euros.

– Donc, cinq cents briques, c'est… cinq millions d'euros.

– Ouais, t'es championne de calcul mental, toi ! Pour les tartines, j'ai beurre et confiture. Y a que des biscottes, mais on pourra faire un saut à la boulangerie. Qu'est-ce que vous diriez de raviolis et haricots pour ce soir ?

Le cœur battant, Romane n'écoute plus.

Celui qui a été assassiné a volé cinq millions d'euros. Puis ses complices l'ont tué avant de savoir qu'il les avait cachés quelque part. Mais l'homme a eu le temps de parler avant de mourir. À Lou.

Lou connaît l'endroit où les cinq millions sont dissimulés. Cinq millions !

– Tu mets la table ?

Rappelée à l'ordre, Romane se joint à Lou qui a commencé à poser les assiettes sur le plateau de bois. Ses gestes sont automatiques. Dans sa tête tournoient les cinq millions d'euros, le colosse qui les poursuit, et la petite Lou.

À la fin des raviolis-haricots-compote de pomme, elle se lève, débarrasse, range leurs couverts dans le lave-vaisselle, puis déclare.

– On va aller se coucher, Lou est fatiguée, et moi pareil.

– C'est pas vrai ! s'insurge Lou. Je suis pas fatiguée ! Je veux un dessin animé.

– Demain, MiniLou. T'auras le droit de regarder la télé quand tu te réveilleras.

– Je pars bosser à 7 h 30, dit Gary en se laissant tomber avec un soupir de bien-être dans le canapé. Vous pouvez roupiller tout ce que vous voulez, on se voit à midi, enfin... si vous vous êtes pas sauvées d'ici là ! Pour la clé, si vous sortez, vous fermez, et vous la rangez dans la poche gauche de l'épouvantail. Et pour ce soir, il y a des serviettes et des draps dans le placard de la salle de bains.

Lou escalade le canapé, puis les genoux de Gary. Elle lui plaque un bisou sur une joue, tandis qu'elle tire son lapin doudou de sa poche pour le coller contre la deuxième.

– T'as vu ? Mon lapindou, il t'a fait le bisou du soir. Il est gentil, hein !

– Très ! rigole Gary. Mais pas autant qu'une petite fille que je connais. Bonne nuit, la p'tiote !

Il l'embrasse sur le sommet du crâne.

Aussitôt, Lou glisse sur le cuir du canapé, comme elle le ferait sur un toboggan, puis rejoint Romane au pied des escaliers. À son tour, la grande sœur souhaite une bonne nuit à Gary, et toutes deux montent découvrir leur chambre.

La pièce, pour partie envahie de cartons, comporte un lit double, deux tables de chevet équipées d'une lampe et une armoire. Des rideaux sont tirés devant la fenêtre.

Une toilette de chat, un brossage de dents avec le doigt faute d'équipement, et elles se couchent dans le lit aux draps de coton blanc.

– Tu me racontes une histoire ? demande Lou.

– OK, mais je voudrais juste savoir un truc avant. Le monsieur dans la forêt, il t'a dit où il avait caché les briques, c'est ça ?

– Oui.

– Elles sont où ?

– Il a dit que c'est un secret.

– Les secrets entre sœurs, ça n'existe pas !

– D'accord, je te dis, mais juste pour toi. Les briques, elles sont dans sa cabane, là où il jouait quand il était petit.

– Ton ami, il t'a dit comment il s'appelle ?

– Denis.

– Denis comment ?

– Je sais pas, il m'a pas dit son gros nom, juste l'autre.

Romane hoche la tête. D'un bras, elle entoure les épaules de sa petite sœur puis prend sa voix de conteuse. Elle doit se concentrer pour chasser le tourbillon de pensées et trouver des idées pour commencer l'histoire.

– Il était une fois un serpent qui avait perdu ses lunettes...

14

Après la nuit reposante est arrivé le jour. Un bruit continu de moteur de voiture ronronne du côté du parking du cimetière.

Romane se réveille seule dans le lit. Aussitôt, la panique la submerge. Lou n'est plus avec elle, la maison est silencieuse. Et si les assassins les avaient localisées ? Et s'ils l'attendaient en bas et qu'ils avaient capturé sa petite sœur ?

Assise sur le matelas, Romane se force à respirer lentement, pour ramener les battements de son cœur à un rythme raisonnable. Ils ne peuvent pas les avoir trouvées. Comment auraient-ils fait ? Même si quelqu'un les avait vues à la gare, il est impossible de savoir qu'elles sont chez Gary.

Malgré les arguments qu'elle se contraint à énumérer, Romane ne parvient pas à retrouver tout à fait son calme.

– Lou ? crie-t-elle.

– Ouais !

En entendant la voix de sa sœur, Romane perçoit la vague rafraîchissante du soulagement qui vient détendre ses muscles crispés par la peur.

– T'es où ? demande-t-elle en se levant.

Pas de réponse.

Romane trouve la petite, seule dans le salon, vêtue d'un tee-shirt affublé du logo d'un magasin de bricolage beaucoup trop grand pour elle, lovée sur le canapé. Sur l'écran défilent les aventures des héros de son dessin animé préféré.

– Ça va, MiniLou ? demande Romane en s'asseyant à côté de l'enfant. T'as mangé ?

– Gary, il m'a fait quoi que je voulais. Des œufs au ketchup.

– Tu veux du lait ?

– Pourquoi Ours il veut plus être copain avec Tortue ?

Romane jette un œil sur l'écran où s'agitent les héros d'une série d'animation.

– C'est rien, ça va s'arranger.

D'habitude, les niaiseries de la télé l'énervent au point qu'elle est souvent tentée d'éteindre le poste. Tout s'arrange toujours dans les dessins animés. Le monde est beau, le monde est rose. Son monde à elle en paraît d'autant plus sale et plus gris.

Mais pour une fois, elle songe que ce rose pourrait bien contaminer leur vie, au moins un peu.

Cinq millions...

Elle y a pensé avant de s'endormir. Une petite graine d'idée qui a très vite poussé dans son esprit en éveil.

Cinq millions d'euros, c'est bien suffisant pour aller aux États-Unis, payer la chirurgienne, donner une chance à Lou de fêter ses six ans, et se construire une nouvelle vie ailleurs, très loin des assassins et de leur vie pourrie.

Cinq millions, qui sont là, quelque part dans une cabane de gamin à attendre qu'on vienne les chercher.

Il n'y a plus qu'à.

Le couteau étale mécaniquement le beurre sur la biscotte, encore, encore et encore. Plongée dans ses pensées, Romane laisse son café refroidir et oublie de manger.

Il existe un moyen de mettre les cinq millions dans sa poche.

Pour commencer, elle doit trouver la mère du mort. Ou bien son père, un frère, une sœur. Quelqu'un qui l'a connu petit et qui saura lui indiquer où est située la cabane de son enfance. Pour ça, elle a besoin de son nom. « Denis », c'est un peu court comme indice.

Un ordinateur est posé sur le buffet du salon.

Elle abandonne les biscottes sur la table et s'empare du portable.

1234, motdepasse, administrateur, Gary, gary, yrag, elle saisit les mots de passe les plus courants, avant de réaliser qu'il est écrit sur le post-it collé à côté du clavier : CimetièredesElephants.

Dans la page Ecosia, elle tape « meurtre » « identité » « braquage » « banque Mainstream ». Plus de trois millions de résultats. Elle ouvre la première page, la deuxième, les enchaîne. Au bout de vingt, elle tourne en rond. Chaque source d'information partage les mêmes éléments que les autres.

– Tu fais quoi ? demande Lou.

– Rien de spécial, des trucs.

La pub a interrompu les histoires de disputes entre Ours et Tortue. La petite tire une chaise jusqu'au buffet et grimpe dessus pour voir l'écran. Une photo de la scène de crime, un drap jeté sur la victime, illustre l'article ouvert.

– C'est mon ami ! Pourquoi il a une couverture sur lui ?

– Je cherche comment il s'appelle.

– Tu crois qu'on a froid quand on est mort ? Mes amis, ils ont jamais dit qu'ils ont froid, même l'hiver. Moi, j'aime pas avoir froid. Quand je serai morte, tu me mettras ma doudoune, d'accord ?

Romane ferme les yeux très fort pour chasser l'image de sa sœur en doudoune, allongée dans un cercueil. Elle ne veut pas penser à ça, jamais.

– C'est maintenant que tu devrais enfiler une doudoune, s'exclame-t-elle sur un ton dont l'enthousiasme sonne faux. Regarde-toi avec ton tee-shirt trop grand !

– Tu promets ? demande Lou.

Redevenue sérieuse, Romane entoure les épaules de Lou avec son bras, et l'embrasse sur la tempe.

– Je promets. Je ne te laisserai pas avoir froid. Ça n'arrivera pas.

– Moi, je sais comment c'est que tu peux faire pour trouver son nom, annonce Lou, à nouveau guillerette.

Mais aux premières notes du générique d'Ours et Tortue, elle descend de la chaise et se rue sur le canapé.

– Comment ? l'interroge Romane.

Lou n'écoute plus qu'Ours et Tortue, son lapindou à la main.

– Lou, reprend Romane, comment je peux trouver son nom ?

– Faut demander à madame Bérard, à cause qu'elle sait toujours tout. Même que je suis sûre que, elle, elle sait pourquoi Ours veut plus jouer avec Tortue.

Qui a dit que la vérité sortait de la bouche des enfants ? C'est loin d'être systématiquement vrai. Mais là... Plongée dans ses réflexions, Romane rouvre l'ordinateur et cherche « Josette Bérard ». Il y a cinq Josette Bérard sur Facebook, mais vu les photos, aucune n'est la bonne. Il reste trois avis de décès qui renvoient à des journaux, vingt-deux Bérard J. sur pagesjaunes.fr. Romane connaît le nom de sa rue, et trouve ainsi le numéro de téléphone de sa voisine.

Elle s'assoit, l'ordinateur sur ses genoux, hésitant à l'appeler.

Après tout, pourquoi pas ? Leur voisine est la grande commère, non seulement du quartier mais également de la ville tout entière. Aucune rumeur ne lui échappe, et elle n'aime rien tant que raconter et rabâcher tous les ragots qu'elle récolte. Si la police connaît le nom de la victime – et elle le connaît forcément puisqu'elle l'a identifié –, madame Bérard est la mieux placée pour le connaître aussi.

Mais le risque est grand de laisser à une bavarde comme elle la possibilité de savoir d'où Romane appelle. Il ne faut laisser aucune trace permettant de les localiser. Même si Romane imagine mal madame Bérard complice des assassins, mieux vaut être prudente. La seule solution est de passer l'appel d'un poste fixe en cachant le numéro.

– Je vais aller faire un tour à l'accueil du cimetière, annonce Romane. Tu viens ?

Absorbée par les aventures d'Ours et Tortue, Lou ne répond pas.

Romane en profite pour lancer une autre recherche et trouve rapidement l'information qu'elle cherche. Si elle veut appeler en numéro masqué, elle devra composer *31* avant le numéro de la voisine.

Elle monte récupérer les vêtements de Lou, l'aide à s'habiller et à enfiler ses chaussettes pendant qu'elle regarde la télé.

Quand le dessin animé se termine, la petite est prête.

– On y va ! s'exclame Romane.

Heureuse de partir à la découverte des lieux, Lou se précipite dehors.

15

D'un regard méfiant, Romane fait un tour d'horizon. Il n'y a personne, pas l'ombre d'un colosse. Elle suit Lou sur le sentier qui mène au cimetière. Quand il se dévoile à elle, elle s'arrête, saisie par la puissance du paysage.

Le cimetière est gigantesque ! Une immensité d'herbe verte, constellée de croix blanches alignées, qui finit par se perdre dans l'océan. L'endroit crée une atmosphère que Romane ne parvient pas à cerner. Jusqu'à ce qu'une femme à côté d'elle parle, penchée vers son compagnon.

– Dire que sous chaque croix il y a un soldat !

La réalité brutale fait frissonner Romane. Bien sûr, elle savait que c'était un cimetière, mais elle prend soudain conscience de ce que cela signifie. Le nombre de morts qu'elle a appris en cours d'histoire pour passer son brevet n'est plus seulement un nombre. Il y a un homme sous chaque croix. Ces hommes reposent dans cette terre qui n'est pas celle de leur pays, loin de leur famille, loin de ce qu'aurait pu être leur vie.

Ici, les arbres sont grands, ils ne devaient être que des arbrisseaux lorsque les fusils crachaient la mort. La guerre est loin, mais l'émotion est là. Romane ressent la paix qui règne ici, comme un voile fragile posé sur la violence de tant de tragédies.

Un peu plus loin, un homme fonce sur son tracteur-tondeuse. Aussi rapide qu'habile, il frôle buissons et croix, allant et venant entre les allées.

Lou gambade d'une croix à l'autre, touchant du doigt, ici ou là, leur surface lisse.

– C'est trop bien ici ! dit-elle. Y a plein de gens ! Ils parlent bizarre.

Les quelques mots de Lou ramènent Romane à l'instant présent et à la réalité de leur situation.

– Tu viens, Lou ? On va faire un petit saut à l'accueil.

– Moi, je reste là.

– Je passe juste un coup de téléphone et on revient, tente de la convaincre Romane. Y a peut-être une boutique ? Peut-être qu'ils vendent des coloriages ? T'aime bien les coloriages, pas vrai ?

Lou hausse les épaules. Les coloriages ne font pas le poids.

Romane hésite. Si elle contraint Lou à l'accompagner, la petite risque de se mettre à crier, ou au moins à protester. Il deviendra impossible d'avoir la tranquillité requise pour passer un appel.

Mais elle appréhende de laisser Lou seule. Si au moins elle savait qu'elle n'en avait que pour cinq minutes, elle le ferait. Les lieux sont clos, d'accord, mais vastes aussi. Et les visiteurs vont être de plus en plus nombreux. De plus, elle ignore si on la laissera aussi facilement utiliser le téléphone du cimetière. Sans compter que madame Bérard est très, très bavarde, et que la conversation pourrait s'éterniser. Elles n'ont pas échappé au colosse pour se retrouver confrontées à un autre fou qui voudrait du mal à une enfant !

C'est en apercevant le geste de la main que lui adresse l'homme au tracteur qu'elle reconnaît Gary. Romane lui fait signe à son tour, puis se tape la poitrine, indique le bâtiment, montre Lou du doigt et écarte les bras en secouant la tête. Sa communication par gestes fonctionne. Il dresse un pouce en l'air. Il gardera un œil sur la petite.

Rassurée, Romane gagne le vaste bâtiment pour se diriger droit vers l'accueil. L'hôtesse la salue avec un sourire. Oui, elle connaît Gary. Oui, il y a un téléphone. Oui, Romane peut l'utiliser, mais c'est exceptionnel.

Devant tant de signes favorables, Romane ne peut s'empêcher de sourire. Et si la chance avait tourné ? Elle compose *31* puis le numéro qu'elle a noté sur un bout de papier.

– Allô, madame Bérard ? Bonjour, c'est Romane, la voisine du 18 !

Jamais Romane n'aurait pensé se réjouir un jour de l'existence de madame Bérard. Et pourtant, en cet instant, elle pourrait l'embrasser avec sincérité, quelle que soit la quantité de fond de teint que cela l'obligerait à avaler.

Sur le papier qu'elle tient à la main est noté le nom de l'homme tué dans la forêt. Et plus que ça ! La voisine lui a transmis des informations sans même s'en rendre compte, alors qu'elle s'apitoyait sur le sort de la mère du défunt.

– Pauvre femme… C'est déjà terrible de perdre un parent, d'ailleurs tu le sais mieux que personne, Roxane, avec ta pauvre maman. Mais c'est encore pire de perdre un enfant.

– Vous connaissez sa mère ?

– Bien sûr ! Elle tenait la meilleure mercerie de la région, à Lisieux. Je n'ai jamais trouvé ailleurs du fil d'aussi bonne qualité. Un maçon aurait pu s'en servir pour son fil à plomb ! La pauvre femme, elle ne mérite vraiment pas ça ! Tu te rends compte qu'elle ne peut même pas enterrer son fils ? Tout ça à cause de soi-disant experts scientifiques de la police qui complètent leur enquête ? Ils sont loin de l'efficacité des pros qu'on voit à la télé ! Ça me fait penser : tu connais cette émission avec cette femme médecin légiste… rha… le nom m'échappe…

– Ça ne me dit rien, répond Romane. Mais dites-moi, cette dame qui tenait la mercerie, elle habite encore à Lisieux ?

– Oh non, tu sais ce que c'est... De nos jours, il ne faut pas compter sur les enfants pour vieillir chez soi. Elle est dans une maison de retraite. Les jeunes générations sont tellement égoïstes. Dès qu'on flanche un peu, hop ! ils nous envoient à l'EHPAD. De mon temps, on n'aurait jamais laissé des inconnus s'occuper de...

Trop pressée d'en savoir davantage, Romane l'interrompt.

– Dans quelle maison de retraite ?

– C'est à Bayeux. Grand-Soleil, ou Jolies-Fleurs, ces endroits s'appellent tous plus ou moins pareil. Mais dis-moi, Morgane, pourquoi tu t'intéresses à tout ça ?

– Pour rien, enfin si... Pour une fois qu'il se passe quelque chose, je voulais être au courant, c'est tout.

– Allez, va, n'en dis pas plus. Moi aussi je tenais un journal intime quand j'étais jeune ! J'adorais avoir des choses palpitantes à écrire. Un meurtre dans la forêt d'à côté, c'est quand même quelque chose ! Tu te sens l'âme d'une enquêtrice...

Après cet échange, Romane serre les dents une grosse demi-heure durant, en écoutant les commérages sur tous les habitants du quartier. Le salut arrive par le facteur sonnant à la porte de madame Bérard. Pressée de recueillir de nouveaux commérages auprès de cet indic de choix, elle met brutalement fin à la conversation.

Romane raccroche avec soulagement.

Occupée à renseigner des visiteurs, l'hôtesse d'accueil ne lui porte pas attention. Romane décide alors de passer un second appel. Elle commence avec le *31*, et poursuit avec un numéro qu'elle connaît bien : celui de sa maison.

Les sonneries se succèdent longtemps.

Romane aurait aimé avoir des nouvelles de son père, et lui en donner.

Où peut-il être, ce matin ? Il est encore trop tôt pour qu'il soit parti travailler. Et la nuit a dû lui permettre de dessaouler.

Romane sait qu'entre deux brumes alcooliques, il pense à ses deux filles. Il s'inquiète sûrement de ne pas les avoir vues depuis un moment. Est-ce que le colosse est repassé le voir ?

L'appel finit par basculer sur une boîte vocale automatique. Romane raccroche.

16

La sonnerie du téléphone, étouffée par les murs, parvient aux oreilles de Cédric alors qu'il vient de franchir le petit portillon qui donne accès au jardinet de la maison. Aussitôt, il court jusqu'à la porte et sort sa clé. Même s'il tient encore sur ses jambes, il a déjà trop bu pour parvenir à la glisser aisément dans la serrure.

Sa main tremble.

À cette heure, il devrait être au travail. C'est un petit miracle qu'il n'ait pas encore été licencié, comme cela a été le cas pour tous ses précédents boulots. L'alcool... L'alcool lui pourrit la vie, mais sans lui, il serait mort.

Au chagrin intense qui l'habite depuis la mort de sa femme s'ajoute le sentiment insupportable de ne rien pouvoir faire pour soigner Lou. Comment vivre quand chaque instant nous rappelle qu'on est responsable de la mort de celle qu'on aime ? Comment vivre quand on se sait incapable d'aider sa propre enfant à ne pas mourir ? Sans l'alcool pour tenir la douleur à distance, le désespoir l'aurait tué.

Il était assureur, il est désormais palefrenier. Les chevaux sentent sa fragilité, ils font attention à lui. Et s'il se cogne parfois aux parois des box quand il les vide de leur paille souillée, il n'a jamais eu de problèmes avec les bêtes. Leur contact lui fait du bien.

Pourtant, ce matin, il n'est pas allé travailler. Romane et Lou ont disparu. Ça ne ressemble pas à sa grande fille de ne pas donner de nouvelles. Cédric est inquiet. Elles sont tout ce qui lui reste, tout ce qui donne encore un sens à sa vie.

Ce matin, Cédric est allé à la police pour signaler leur disparition. À l'accueil, il a demandé à voir ce policier qui était venu le voir. Il l'a décrit d'une voix un peu pâteuse, un gars géant, genre Arnold Schwarzenegger dans sa période monsieur muscle, mais en plus grand. On l'a orienté vers un des bureaux d'un open-space où travaillaient plusieurs agents. L'un d'entre eux l'a fait asseoir.

– Qu'est-ce qui se passe, je vous écoute.

Cédric parvient enfin à ouvrir le verrou, mais alors qu'il pousse la porte, la sonnerie s'interrompt.

Une main aussi puissante que des serres d'aigle s'abat sur son épaule et le tire à l'intérieur. Cédric reconnaît le policier qui lui avait parlé dans le jardin, le colosse.

– Ah vous êtes là ? Je suis allé vous voir au commissariat, mais vous...

– Je sais.

– Vos collègues vous ont prévenu ?

L'homme lui saisit un bras pour le ramener dans le dos, fait de même avec le deuxième et sangle ses poignets avec un collier de serrage en plastique.

– Qu'est-ce que vous faites ? demande Cédric.

– T'es vraiment con, toi ! T'as pas encore compris ? On va faire une petite balade ensemble.

– Vous n'avez pas le droit de faire ça ! C'est pas parce que vous êtes policier que...

– J'suis pas flic, l'interrompt une fois encore le colosse. Tes filles, on a autant envie que toi de les retrouver. Alors on a planqué des micros au commissariat, histoire de savoir si un jour ils se mettraient à les chercher. Mais l'boss a pas trop aimé le petit numéro que tu leur as fait. Heureusement que t'étais trop imbibé pour qu'ils comprennent un mot de ce que tu racontais. Ils t'ont dit quoi ?

– Ils m'ont dit de rentrer chez moi, et de revenir un peu plus tard quand je serai sobre.

– Ouais, les flics, ils ont pas de traducteur pour poivrots dans ton genre. Et nous, on veut qu'ils nous foutent la paix, tu comprends ?

Non, Cédric ne comprend rien. La seule chose qu'il a saisie et qui lui donne la chair de poule, c'est que ses filles sont en danger, et qu'il n'a même pas été capable de signaler leur disparition à la police. Il bredouillait, mêlant des propos incohérents à ce qu'il disait. Et il ne pourra pas revenir un peu plus tard.

– Allez viens, dit le colosse, on va te mettre au frais.

En moins d'une minute, il est bâillonné, emmené dehors et jeté dans le coffre d'une berline.

17

Romane raccroche le téléphone. Elle aimerait oublier la terrible déception qui lui donne envie de pleurer. Même si elle savait qu'elle ne pourrait vraisemblablement pas compter sur son père pour l'aider, le temps des cinq sonneries avant que ne s'enclenche la boîte vocale, elle avait caressé l'espoir qu'il en soit autrement.

Mais son père n'a pas décroché.

En sortant du bâtiment d'accueil, Romane inspire profondément l'air extérieur. Un peu plus loin, Lou est assise en tailleur au milieu des croix. Elle a cueilli une pâquerette, et s'applique à en arracher les pétales au rythme de la comptine. « Je t'aime, un peu, beaucoup, passionnément, à la folie, pas du tout. Je t'aime, un peu... »

– On retourne chez Gary ? propose Romane.

Lou retire le dernier pétale et se couche sur le dos, bras écartés.

– Je suis bien, là.

– Tu pourras regarder les dessins animés si tu veux, faut que je fasse des recherches sur Internet.

– Non... Je préfère écouter les histoires des gens d'ici.

– Tu les écouteras plus tard. Allez, tu te lèves et tu viens. Je compte jusqu'à trois. Un... Deux...

Romane a du mal à réfréner son agacement. Poussée par son envie de retrouver l'endroit où vit la mère du mort, elle est tentée d'attraper Lou *manu militari* pour la tirer de force jusque chez Gary.

Il n'y a pas de temps à perdre. Cinq millions... Qui sait si quelqu'un ne pourrait pas tomber dessus avant elle, même par hasard ?

Romane connaît sa sœur. Si elle l'oblige à venir, la petite est capable de hurler en freinant des deux pieds. Un comportement qui ne manquerait pas de les faire remarquer, surtout dans ce lieu dédié à la commémoration.

Soudain, le tracteur-tondeuse s'approche à toute allure, et s'arrête à moins de deux mètres des deux sœurs. Gary en descend et retire les gants de cuir qu'il porte pour le conduire.

– Ça va, les gamines ?

Lou se lève et se jette contre la jambe du gardien.

– Romane, elle veut pas que je suis là, répond Lou d'une petite voix butée.

Sa grande sœur hausse les épaules en soupirant.

– J'ai un truc important à faire sur l'ordi. Je vais pas te laisser ici toute seule ! On reviendra après.

Gary éclate de rire.

– Ça me rassure de vous voir vous disputer ! Les frères, les sœurs, d'habitude, c'est chien et chat. Je commençais à croire que vous n'étiez pas de la même famille ! Allez, va faire ce que t'as à faire, gamine. Je surveille la p'tiote. Je vais mettre au parfum les autres gardiens, je dirai que c'est ma petite nièce, ils jetteront un œil aussi. Mais tout le monde rentre pour le déj, pigé ?

– Pigé ! confirme Romane, soulagée, avec un grand sourire.

La rencontre avec Gary était décidément inespérée ! Romane va avoir le temps de faire toutes les recherches nécessaires !

Tout aussi satisfaite de la solution trouvée, Lou se recouche par terre, jambes et bras en étoile.

– C'est pas gênant qu'elle reste couchée par terre comme ça ? demande Romane.

– Qui veux-tu qu'elle gêne ?
– Je sais pas, les visiteurs, par rapport au respect, tout ça.
– On s'en fout des visiteurs, c'est ceux qui sont en dessous qui comptent. Et je peux te dire que la p'tiote, elle va pas beaucoup les enquiquiner.
– C'est qui que je vais quiquiner ? les interrompt Lou.
– Tes amis ! répond Gary.
– Ah non, intervient aussitôt Romane, l'encourage pas ! Si tu t'y mets aussi, on n'en sortira jamais, de ces histoires d'amis.
Gary affiche une moue surprise.
– Tous les gamins ont ce genre d'amis ! Quand j'étais gosse, j'en avais un, je m'en souviens. Un chien avec des ailes, il s'appelait Budy.
– Sauf que les amis de Lou, précise Romane, c'est pas ce genre d'amis-là. C'est des gens qui sont morts. Elle dit qu'elle entend les fantômes parler.
– Mazette ! Ben elle a de quoi faire ici ! En plus, les pauvres gars, ils doivent avoir un paquet de trucs à raconter. Allez, faut que j'y retourne.
Gary grimpe sur sa tondeuse, enfile ses gants et, le moteur ronronnant, fonce vers sa zone de travail.

Une boîte de lentilles accompagnée de tranches de jambon et un yaourt à la vanille. Le déjeuner est vite avalé. Lou reste étrangement silencieuse. Elle enchaîne les coups de fourchette, pressée d'avoir terminé, et demande à la dernière bouchée :
– Je peux y aller ?
– Où ça ? répond Romane
– Voir mes amis !
– Combien de fois je t'ai dit qu'...
– Ici, c'est pas pareil ! Il y a pas que moi, y a plein de gens qui viennent voir mes amis !

Romane pousse un soupir et caresse les cheveux de sa petite sœur. Il est plus que temps de trouver l'argent. Lou pourrait avoir d'autres hallucinations, ou entendre des voix qui l'incitent à se mettre en danger.

– Tu sais quoi, dit Gary, si tu veux, je te prête mon fauteuil magique pendant que je fais une petite sieste sur le canapé. Et après ça, on retourne au cimetière.

– C'est quoi ton fauteuil magique ?

Gary quitte la table pour s'asseoir dans le fauteuil près du buffet. Les mains sur les accoudoirs, il appuie sur le dossier qui s'abaisse tandis que remonte un support pour les pieds. Lorsqu'il se redresse en position assise, le fauteuil reprend sa forme initiale.

– Tu veux essayer ? propose Gary en cédant la place à Lou.

La petite ne se fait pas prier. Assise, puis debout sur le fauteuil, elle appuie de toutes ses forces pour faire basculer le dossier. En vain.

Gary lui donne un coup de main, à la grande joie de Lou. Après quoi, il rejoint la cuisine et, aidé par Romane, range les couverts dans le lave-vaisselle.

– Je voudrais faire quelques courses, demain, dit Romane en rinçant l'éponge qui lui a servi à nettoyer la table. On a besoin d'habits de rechange. Ça t'embête de garder un œil sur Lou ?

Elle ne croise pas son regard. Gary a déjà fait preuve d'une gentillesse exceptionnelle en les hébergeant, et elle en abuse. La réponse de Gary ajoute encore à la honte qu'elle ressent :

– On peut faire un saut en bagnole à Kiabi tout à l'heure, si tu veux. Je finis à 16 heures.

– C'est gentil mais j'ai besoin d'autres trucs aussi, enfin, voilà quoi. Disons qu'il va me falloir la journée, peut-être même jusqu'au lendemain matin. Tu vois ?

– Oh que oui, je vois, dit Gary en fronçant les sourcils. Je vois surtout que ça fait deux fois que tu me racontes des craques.

Romane baisse la tête, oubliant de couper l'eau qui continue à couler sur son éponge.

– Excuse-moi, je peux pas t'expliquer. C'est compliqué.

– Je te demande pas de me dire tes secrets, c'est pas mes oignons. Je te demande juste de pas me mentir. T'as besoin d'aller quelque part ? Tu me demandes, c'est tout, pas la peine d'inventer n'importe quoi pour te justifier.

– OK, Gary, plus de mensonges. Faut que je parte pour régler des problèmes.

– Bon, ça marche. Je m'occupe de la p'tiote demain. J'essaierai de la fourguer à une instit.

– Comment ça ? s'inquiète Romane.

– Y a toujours des scolaires qui font la visite, ça l'occupera.

Gary gagne le canapé sous les cris enthousiastes de Lou qui a trouvé comment faire basculer le fauteuil.

– Au cas où tu voudrais bien me dire le secteur dans lequel tu vas, je pourrais peut-être voir avec un des chauffeurs du cimetière pour qu'il t'avance un peu.

– Bayeux.

– Facile ! Y a une navette qui part d'ici à 9 h 10. C'est la première, y aura pas encore de visiteurs.

Romane hésite une seconde à le solliciter encore. Mais elle n'a pas le choix, elle doit préparer son expédition du lendemain.

Quand elle se décide, elle fait sursauter Gary qui avait commencé à s'endormir.

– Et sinon, t'aurais pas une imprimante ?

– Tu vois pas que je roupille, grogne Gary. Qu'est-ce que tu veux faire d'une imprimante ?

– C'est pour pas me perdre. Je connais pas Bayeux, je voudrais imprimer mon itinéraire.

– J'ai mieux que ça, gamine. T'as de la chance que je sois de bon poil aujourd'hui.

Il bascule sur le canapé et attrape l'extrémité d'un accoudoir pour se relever. Lou commence à descendre elle aussi du fauteuil.

– Reste là, p'tiote, je vais chercher un truc pour ta sœur, et après, on se le pique, notre petit roupillon.

18

Dans la cave humide et obscure où il est étendu par terre, Cédric va mal. Tout son corps lui échappe. Il brûle, couvert de sueur, se retrouve glacé l'instant d'après. Ses doigts tremblent si fort que le plastique tranchant du collier de serrage cisaille ses poignets. Le sommeil ne le soulage pas, noirci d'horribles cauchemars dans lesquels des serpents le recouvrent de leur masse grouillante.

Il lui faut de l'alcool, maintenant, de l'alcool fort pour l'aider à reprendre le contrôle de son corps. Cédric ne se rappelle plus qui l'a enfermé ici, ni quand. Est-ce la nuit, le matin ou le soir ? Impossible de le savoir.

Il hurle, et son cri relève autant d'une intense souffrance que d'une supplique.

Une porte s'ouvre, laissant passer un peu de lumière et dessinant la silhouette du colosse sur le mur.

– Ferme-la ! ordonne le géant. L'boss, il aime pas quand on gueule.

– Donnez-moi à boire, s'il vous plaît, j'ai besoin de boire.

– T'en as dans la gamelle.

Le colosse plonge le visage de Cédric dans une gamelle pour chien emplie d'eau.

– De l'alcool, il me faut de l'alcool.

– Ta gueule, je t'ai dit !

Cédric se tait. Il est prêt à tout pour obtenir ce que son corps réclame. Son besoin est intense, impérieux, impossible à maîtriser. Il pourrait lécher l'alcool par terre s'il le fallait.

Quelqu'un se glisse dans la cave.

– Gaffe, boss ! dit le colosse. Les alcoolos, faut s'en méfier comme de la peste !

Cédric reste bouche bée devant la personne qui vient d'entrer. Il songe que l'alcool lui joue des tours, le boss du colosse est bien différent de ce qu'il avait imaginé.

– Allons, allons, fermez donc cette bouche, dit le boss en soulevant une bouteille de vodka. On ne va quand même pas y verser directement ce que je vous ai amené.

Incapable de se relever, Cédric rampe vers ce flacon qui pourrait lui apporter le salut mais qu'une main cruelle tient hors de sa portée. Le boss sourit en observant les contorsions du père de Romane et Lou.

– Cette bouteille, elle est pour vous, mais pas tout de suite ! D'abord, il va falloir me dire ce que je veux savoir.

– Tout ce que vous voulez, supplie Cédric.

Le manque d'alcool fait tambouriner une douleur dans sa tête. Ses tremblements s'étendent aux bras et aux jambes. Des nausées le secouent, alors même qu'il a déjà vomi tout ce qu'il avait dans le ventre.

– Demandez-moi n'importe quoi, dit-il, je vous le dirai.

– Dites-moi où se cachent vos filles.

Une suée brutale recouvre son front d'une fine pellicule glacée.

– Je ne sais pas où elles sont.

– Eh bien, imagine ! Raconte-moi où tu as été en vacances avec elles, où vous aviez l'habitude de vous promener, peut-être quelqu'un que vous auriez rencontré et qui pourrait les héberger. Dis-moi, et la bouteille est à toi.

Cédric respire plus vite, plus fort, et pourtant il a l'impression de manquer d'air. Le bouleversement interne lui fait tourner la tête. Tout son corps le supplie de parler. Ses lèvres, sa langue se mettent à trembler de manière incontrôlable. Ses yeux observent le visage du boss du colosse qui se déforme jusqu'à devenir une énorme araignée prête à le dévorer.

L'hallucination est si réaliste ! Il lui faut cet alcool. C'est le seul remède à l'immense détresse qui l'habite.

– Parle ! La patience n'est pas mon fort...

– Non.

Cédric a pris sa décision. Il a écouté le murmure de son cœur. Il préfère mourir que mettre en danger Romane et Lou.

– Allons, allons, ne te mets pas dans un tel état ! Je ne te demande pas de trahir tes filles, juste de me mettre un peu sur la piste. Je sais déjà qu'elles ont pris le train, qu'elles sont descendues à Bayeux. À ton avis, où ont-elles pu aller après ça ? Je ne leur ferai pas de mal, tu sais. Je te les ramènerai ici, et quand je n'aurai plus besoin de vous, vous rentrerez à la maison, c'est aussi simple que ça. Je t'écoute.

Cédric perçoit le mensonge dans ses propos. Tout est faux. Il a déjà fait tellement de mal à ses filles... En quelques coups de talon, il se repousse jusqu'au mur de la cave, se rencognant contre une armoire métallique.

– Non, répète-t-il, jamais.

Le colosse fait un pas vers lui.

– Vous voulez que je m'en occupe, boss ?

– Inutile, avec le manque d'alcool, il va sombrer dans l'inconscience dès que tu le toucheras.

L'individu se penche pour agiter la bouteille sous le nez de Cédric.

– Dis au revoir à ta potion magique...

Si Cédric n'avait pas les mains attachées en arrière, il enserrerait ses genoux avec ses bras. Pour s'empêcher de répondre, il baisse la tête et se mord la langue jusqu'à sentir le goût métallique du sang dans sa bouche.

Son bourreau se redresse, hausse les épaules et s'exclame avant de sortir.

– Je n'ai pas vraiment besoin de toi, tu sais. Tes filles, je vais les trouver. Mes hommes les cherchent, ils sont en planque nuit et jour à la gare de Bayeux. Alors, ce n'est qu'une question de temps. Et crois-moi, je n'en ai pas fini avec toi.

19

« Destination Gare de Bayeux ». L'information figure en haut de l'écran installé dans la navette. Lorsqu'elle est montée, à l'arrêt du cimetière américain, Romane s'est assise dans les premiers rangs. Elle est la seule passagère.

Les chansons s'enchaînent à la radio, accompagnées par le chauffeur qui marque le rythme par d'étonnants bruits de bouche.

Romane serre le téléphone de Gary. Il le lui a tendu au moment du départ en grommelant que ce n'était qu'un vieil appareil, qui ne fonctionnait plus trop vu qu'il ne sonnait plus, qu'il ne vibrait plus, qu'il n'y avait même plus de connexion internet, que de toute façon il n'avait pas l'abonnement qu'il faut, mais que ça pourrait toujours servir à l'appeler en cas de problème, qu'il y avait le numéro d'accueil du cimetière où tout le monde sait où le joindre la journée, et le contact de la maison pour le soir. Sa phrase n'en finissait pas !

Ce type est quelqu'un de bien, Romane sait que Lou est entre de bonnes mains. Que tout devrait bien se passer. Et pourtant, il y a ce poids sur ses poumons quand elle respire, sa gorge sèche, l'angoisse qui trône en reine.

Romane a l'impression d'avoir dans le ventre une de ces griffes d'acier qu'on trouve dans les casses pour soulever les épaves. D'où vient cette intuition que le danger est proche ?

Romane se raisonne. C'est normal d'avoir peur, quand on avance à tâtons vers l'inconnu, quand on ne connaît ni les lieux ni les gens, et qu'on peut croiser des tueurs à tout instant.

Après le soulagement de la veille, où le plan s'annonçait parfait, la tentation est forte de retourner au cimetière.

– On y est ! annonce le chauffeur en approchant de la gare. Je crois que c'est moi qu'ils attendent.

À l'arrêt de bus, les élèves d'une classe de collège, probablement des troisièmes, attendent son arrivée. Dès que le bus stoppe devant la petite bâtisse de la gare routière et que les portes s'ouvrent, Romane se glisse dehors, au milieu du groupe. D'un rapide coup d'œil, elle scanne la place, le large trottoir qui longe la gare SNCF, la zone taxi et le grand parking.

À cet instant, elle ne remarque rien, du moins consciemment. Mais le brutal sentiment de malaise qui la saisit, plus fort encore que ce qu'elle percevait dans le bus, sonne l'alerte. À nouveau, elle contrôle les lieux, plus attentivement.

C'est derrière les carreaux vitrés des portes de la gare qu'elle le repère. Le colosse. Son regard va et vient, entre le groupe et un papier qu'il tient à la main.

Le cœur de Romane s'emballe. Il la cherche. La mauvaise nouvelle, c'est que les casseurs ont réussi à remonter sa piste jusqu'ici. Si le colosse la voit, Lou sera en danger par sa faute.

Cachée au milieu du groupe d'élèves, elle sent un frisson parcourir son dos. Comment ont-ils trouvé la gare ? Les gens qui les ont vues monter dans le train sont rares. Et il aurait fallu être dans leur wagon pour savoir qu'elle et Lou étaient descendues à Bayeux.

Et pourtant, l'homme est là, il planque comme font les policiers pour surveiller un suspect. Et visiblement, il s'intéresse de près au groupe de jeunes.

La bonne nouvelle : ils ignorent que les deux sœurs se cachent au cimetière

La classe a commencé à grimper dans le bus. Romane imite les élèves, tête basse, et va s'asseoir au centre du véhicule, du côté opposé à la gare. À cet instant, elle donnerait tout pour une capuche ! Même avec son crâne rasé, elle reste reconnaissable.

La main crispée sur le téléphone, elle se retient de le sortir de sa poche. Si elle appelle à l'aide maintenant, c'est fini. Gary préviendra la police. Les cinq millions seront perdus. Il n'y aura pas d'opération. Et Lou mourra.

Les élèves discutent en avançant dans le couloir central et s'installent tranquillement.

Son pied agité d'un nerveux tremblement, Romane scande un mot dans sa tête : « Vite, vite, vite ! » Elle n'ose plus regarder vers la gare.

Lorsque le car démarre enfin, elle jette un rapide coup d'œil. Son regard croise celui du colosse qui s'est avancé sur la place. Il hésite un tout petit instant, vérifie la photo, dévisage à nouveau Romane. Mais quand il se décide à courir, il est trop tard. Le bus a déjà pris trop de vitesse pour qu'il parvienne à le rattraper.

La peur est si forte que Romane a presque envie de vomir. Elle l'a échappé belle !

Les sourcils froncés, elle tente de comprendre.

Quelque chose n'est pas logique. Pourquoi les casseurs dépensent-ils tant d'énergie pour retrouver les deux sœurs alors qu'elles se sont enfuies ? Ils savent qu'elles ont vu le colosse revenir sur les lieux de son crime, mais ils doivent avoir compris qu'elles ne témoigneront pas pour aider la police à retrouver l'assassin. À quoi bon s'acharner alors qu'elles ne sont plus un danger pour eux ?

La situation est d'autant plus étonnante que, dans le même temps, les casseurs ont probablement besoin de tous leurs moyens pour rechercher activement l'argent.

Une panique soudaine lui agrippe le cœur entre ses griffes. Elle vient de comprendre. Ils ne veulent pas les trouver pour les empêcher de parler, mais parce qu'ils savent qu'elles connaissent le lieu où l'argent est caché !

Tandis que le bus continue de rouler, Romane se remémore la course folle de la forêt, ce moment où Lou a hurlé : « L'homme sans nombril ! Il nous suit ! » Sur le coup, Romane n'avait pas compris ce que cela signifiait. Lou lui avait expliqué plus tard que c'était une balle reçue dans le ventre qui avait transformé le nombril du colosse en une cicatrice toute droite.

Ce cri a donné aux casseurs une information essentielle : la victime a parlé à Lou avant de mourir. La conclusion qu'ils en ont tirée est toute simple. Si leur ancien compagnon a pu raconter cette histoire de nombril, il a tout aussi bien pu dévoiler la cachette de l'argent à Lou juste avant son décès.

L'évidence lui serre la gorge. Ils ne les lâcheront jamais ! C'est pour toute la vie qu'elle et Lou doivent disparaître.

Le visage de Romane se couvre de sueur, en même temps qu'elle prend conscience des conséquences.

Elles ne pourront jamais rentrer à la maison, elles ne reverront pas leur père, elle ne retournera pas au collège, elle ne passera pas son brevet, elle n'ira pas au lycée.

Une vie de fugitive, voilà ce qui les attend. C'est la fin de son rêve d'avoir une vie normale.

Elle se lève et se dirige vers l'avant du bus.

– Excusez-moi !

– Ben, qu'est-ce que tu fais encore là, toi ? s'étonne le chauffeur.

– Est-ce que vous pouvez me laisser descendre, s'il vous plaît ?

– T'aurais dû me le demander à l'aller, t'aurais gagné du temps !

20

Déjà une heure que Romane emprunte des ruelles pour éviter les grands axes. La carte prêtée par Gary est moins pratique à tenir en main qu'un GPS, mais elle est fiable. Une heure de plus et, si Romane ne ralentit pas le rythme de sa marche, elle atteindra la maison de retraite Beausoleil installée un peu à l'écart de la ville.

Est-ce que le colosse l'attend là-bas ? Est-ce que les assassins peuvent imaginer qu'elle aussi veut retrouver l'argent du casse ? Est-ce qu'ils vont penser qu'elle aura besoin de la mère du mort pour trouver la cache de l'argent ?

Oui, bien sûr que oui ! Maintenant qu'ils l'ont repérée à la gare, ils vont se précipiter là-bas.

Le mal de ventre se fait plus intense, il ne faut pas qu'elle y pense, pas tout de suite, pas maintenant. Elle pourrait aussi faire demi-tour, rentrer chez Gary. Cette perspective lui fait très envie. Romane ralentit la marche.

L'image de Lou s'impose en elle. Elle n'a pas le droit de renoncer. Tant qu'il existe encore une chance, même infime, de sauver Lou, Romane doit la tenter.

Elle entrera côté jardin, mur ou grille, elle arrivera bien à l'escalader. Ensuite… Ensuite ? Elle avisera, elle suivra son instinct.

Ça y est, dernière chance de reculer. Le jardin de l'EHPAD n'a rien d'un jardin, c'est un parc immense, planté d'arbres et de broussailles non entretenues, et dont une partie de la pelouse est une prairie fleurie. Personne n'y est visible, ni colosse, ni soignant, ni résident.

La porte d'accès arrière du bâtiment principal s'ouvre sur une sorte de cour, close par des barrières. Avec son sol en gazon artificiel et les nombreux obstacles encadrés de rambardes disséminés çà et là, ce doit être un genre de parcours d'équilibre pour permettre aux pensionnaires de marcher en toute sécurité.

Toujours personne. Romane se faufile jusqu'à la porte. Elle est fermée.

La jeune fille se mordille les lèvres tout en regardant autour d'elle. Elle est à l'affût, cherche la présence du colosse en même temps qu'un moyen d'entrer. Une fenêtre entrebâillée attire son attention à quelques mètres de là.

Elle s'y glisse. C'est un bureau. Une tasse fume encore à côté de l'ordinateur. La personne qui travaille ici devrait revenir sous peu. Romane sort de la pièce et arrive dans un couloir.

Comme lors de leur fuite vers Bayeux, des images de film envahissent son esprit. Ceux qui veulent s'introduire clandestinement dans un hôpital se munissent d'une blouse et d'un stéthoscope. Cela leur suffit à ne pas éveiller les soupçons. Mais Romane n'y croit pas. Les gens qui travaillent ici connaissent leurs collègues, elle ne tiendrait pas deux minutes sans être repérée.

Elle longe le couloir qui rejoint le hall central. Un peu plus loin, des voix jaillissent par une porte ouverte. Romane s'en approche. Trois soignantes sont assises autour d'une table et boivent un café.

– Excusez-moi ! s'exclame Romane. Bonjour.

Les regards se tournent vers elle, un bonjour est lancé. Romane s'est arrêtée dans l'encadrement de la porte.

– Je viens voir madame Chalandry.

Les regards se teintent de suspicion. Les femmes se méfient, c'est certain.

– Comment êtes-vous entrée ? demande l'une des soignantes, un peu plus âgée que les deux autres.

– Ben... par l'entrée ! répond Romane sur le ton de celle qui énonce une évidence.

Les soignantes chuchotent un moment.

Mal à l'aise, Romane essaie de rester aussi naturelle que possible.

– Désolée, mademoiselle, lui dit l'une des soignantes. C'est juste qu'on est censées être en alerte anti-intrusion, avec portes et fenêtres fermées et accès contrôlés. Mais vu qu'on n'a personne en supplément, c'est que du vent ! On a déjà du mal à s'occuper de nos résidents, alors on ne peut pas être derrière eux toute la journée à vérifier qu'ils ferment tout à double tour. Et la seule personne qu'on peut appeler en renfort en cas de problème, c'est le jardinier.

Romane hoche la tête, en signe d'empathie.

– Pourriez-vous m'indiquer la chambre de madame Chalandry, s'il vous plaît ?

– C'est bientôt l'heure du repas. Elle est prévenue de votre visite ?

– Non, c'est ma grand-mère qui m'a déposée. Elle va faire une course et elle doit nous rejoindre dans une demi-heure.

– C'est que les visites sont restreintes pour madame Chalandry.

Celle qui mène la conversation jette un regard interrogatif à ses collègues. Elles échangent quelques mimiques.

Romane se félicite d'avoir retiré le bandeau qui ceint sa poitrine et d'avoir noué son tee-shirt sur le côté. Son déguisement de garçon est rangé dans le sac à dos que lui a prêté Gary. En cet instant, elle a l'air d'une fille. Elle espère qu'une fille paraîtra moins menaçante qu'un jeune homme aux yeux des femmes rassemblées là. Pour une fois que les clichés sur les filles pourraient lui être utiles !

La soignante qui parle au nom des autres se lève de table pour se diriger vers Romane.

– Votre grand-mère est déjà venue, ici ?

– C'est Josette Bérard. Je suis sa petite-fille.

– Oui, ça me dit quelque chose. Madame Bérard. Elle a appelé après la mort du fils de madame Chalandry, c'est ça ?

Il est encore plus dur de cacher le soulagement que la crainte. Romane se concentre pour rester aussi détendue que possible… ou au moins le faire croire.

– Oui, c'est ça, confirme-t-elle. C'était une ancienne cliente de la mercerie. Elle voulait venir plus tôt, mais avec sa hanche, il y a des jours meilleurs que d'autres.

La soignante, parvenue à son niveau, hoche la tête.

– Désolée pour toutes ces questions, l'alerte anti-intrusion, c'est à cause de ce qui est arrivé à madame Chalandry, alors on doit redoubler de prudence. Vous savez ce qu'il y a eu ?

Romane n'en a pas la moindre idée.

– Oui, répond-elle avec aplomb. Ma grand-mère me l'a dit.

– C'est un peu choquant quand on la voit, alors mieux vaut vous préparer. Mais cela lui fera du bien de vous voir. Les visites, c'est important quand on est dans son état.

La femme se penche et désigne du doigt le couloir de gauche.

– Vous montez au troisième par les escaliers, là-bas. Chambre 314. Vous serez gentille de nous prévenir quand votre grand-mère arrivera et quand vous repartirez. On ira vous ouvrir pour refermer derrière vous.

– Merci, je le ferai. À tout à l'heure.

Romane s'éloigne. Dans son dos, le murmure de la conversion reprend. Elle repense à cette « alerte anti-intrusion ». Ce ne sont que des mots : n'importe qui pourrait entrer ici. Les couloirs sont vides, les soignants faciles à localiser.

Le colosse se doute peut-être qu'elle est venue rencontrer la mère de l'homme assassiné dans la forêt.

Il est peut-être déjà là-haut, chambre 314, à attendre son arrivée.

21

Dans la maison de retraite règne le calme habituel de la fin de matinée, avant le repas dans le réfectoire. Toujours sur le qui-vive, Romane grimpe les marches deux à deux, à l'écoute du moindre bruit. Arrivée au troisième étage, elle fouille les alentours du regard avant de s'y engager. Un chariot de soin stationné dans le couloir indique la chambre dans laquelle les aides-soignantes sont occupées auprès d'un résident. Elles sont loin, elles n'entendront rien.

Quand Romane frappe à la chambre 314, elle n'a vu aucune trace du colosse. Elle reste pourtant tendue, prête à fuir au moindre signe de sa présence.

– Entrez ! répond une femme lorsqu'elle toque à la porte.

Romane ouvre le battant et jette un œil dans la chambre. Le colosse n'est pas là. Il n'aurait pas pu se cacher dans le coin salle de bains dont la porte ouverte dévoile l'espace réduit. Le lit est à hauteur variable, impossible de se glisser dessous. Et l'armoire est si étroite que l'homme n'aurait jamais pu y caser ses larges épaules.

Rassurée par sa fouille des lieux, Romane s'intéresse enfin à madame Chalandry.

– Bonjour, madame, dit-elle, en forçant sur la note conviviale de sa voix.

Elle avait inventé une histoire à raconter à ce moment-là. Que sa classe devait écrire des articles sur les souvenirs des vieilles personnes pour faire un numéro spécial du journal de l'école. Qu'elle avait choisi le thème des cabanes. Qu'elle avait déjà recueilli plusieurs témoignages. Que sa grand-mère lui avait dit que les gens d'ici étaient sympas, qu'ils parleraient volontiers, alors si c'était possible...

Ces mensonges s'effilochent au premier coup d'œil lancé à madame Chalandry.

La vieille dame est couchée dans son lit, sous une couette remontée jusque sous son menton. Son visage est couvert de bleus jaunis, sa lèvre inférieure est fendue, et le lobe de son oreille droite est déchiré comme si quelqu'un lui avait arraché sa boucle d'oreille.

Une chute ne laisserait pas ces traces. Romane comprend que madame Chalandry a été violemment et intentionnellement frappée.

Malgré l'horreur de cette découverte, la surprise qu'éprouve Romane vient d'ailleurs, du regard de la vieille femme. Intelligent, transperçant, tellement vivant.

Aucun mensonge ne tiendrait deux secondes devant une telle femme.

Romane renonce au scénario qu'elle avait prévu de lui dérouler, et retrouve sa voix naturelle pour se présenter.

– Je viens à propos de votre fils. Je m'appelle Romane.

Le silence l'encourage à en dire plus.

– Je suis désolée pour ce qui lui est arrivé. Je ne le connaissais pas très bien, mais...

Le silence, toujours.

– J'avais une question à vous poser, je voudrais découvrir comment il a vécu, comment il...

Comment un silence peut-il donner aussi froid ? Romane tente de déglutir, sans succès. Elle sent mille épines de glace prêtes à perforer son cœur si elle continue à ne pas jouer la franchise.

– La vérité, avoue-t-elle, c'est que je ne connaissais pas votre fils, mais que j'ai besoin de l'argent qu'il a caché, et vous pouvez m'aider à le trouver.

Sans un mot, la vieille femme se redresse légèrement. D'un geste de la main, elle montre son visage commotionné.

– Mes derniers visiteurs m'ont demandé la même chose et, comme tu le vois, ils n'étaient pas commodes. Toi aussi, tu vas me frapper ?

– Non, bien sûr que non.

– Bien. Je te conseille de repartir tout de suite, pour éviter que l'agent de service te trouve dans la chambre quand elle apportera mon plateau-repas. Les gens d'ici n'aiment pas qu'on embête leurs pensionnaires.

– Je vais partir, oui, mais j'ai d'abord une question à vous poser.

– Les autres sont repartis bredouilles, alors qu'ils m'ont frappée. Pourquoi voudrais-tu que je te réponde à toi ?

– Parce que je ne suis pas eux, justement. Je n'ai rien fait de mal à votre fils !

– Allons, jeune fille, soupire madame Chalandry, je suis fatiguée de tout ça. Tellement fatiguée. Ce que je veux, c'est déjeuner, et cet après-midi j'irai à l'atelier équilibre, et je regarderai ma série à la télé avant le dîner. Voilà ma vie, petite. Je n'ai pas l'intention de la changer pour toi.

Romane serre les poings. Elle est si proche du but. Comment convaincre la vieille femme de lui révéler ce qu'elle sait ? Faut-il qu'elle pleure ? Qu'elle lui raconte la fuite avec Lou ? Elle n'a pas le temps de réfléchir au meilleur moyen à mettre en avant.

La porte s'ouvre, le battant frappe le mur d'un coup sec. L'immense silhouette du colosse s'avance vers elle, le poing levé.

Romane a à peine le temps de reculer et de placer la table à roulettes entre elle et lui que déjà le poing s'abat et fait voler le bois plastifié en éclats.

Romane recule encore, bâillonnée par la peur, mais se trouve bloquée par le mur de la chambre. Il n'y a aucune échappatoire. L'homme lève tranquillement son poing serré pour la frapper.

Elle se recroqueville, accroupie par terre, ses bras protégeant sa tête.

Mais le coup ne vient pas. Romane voit les pieds du colosse se mettre à trembler violemment. Elle s'écarte, se relève et découvre avec stupéfaction un spectacle auquel elle ne s'attendait pas.

La vieille dame a repoussé sa couette. Elle est en tenue de ville, ses chaussures aux pieds. Sa main droite tient un étrange révolver de plastique noir et orange dirigé vers le colosse qui tremble et ouvre des yeux exorbités. Un fil relie l'arme à deux projectiles plantés dans la peau de l'agresseur.

Quand l'homme s'écroule au sol, évanoui, madame Chalandry retire lentement son index de la gâchette, tire d'un coup sur le fil qui se détache de l'homme et le rembobine dans son arme.

– C'est un taser, explique-t-elle en s'asseyant, une arme électrique. Cet imbécile a cru qu'il pouvait m'avoir deux fois. On voit qu'il ne me connaît pas ! C'est un résident du deuxième qui me l'a prêté. C'était ça ou la bombe lacrymo, j'ai préféré l'électricité.

Elle tapote le lit à côté d'elle pour inviter Romane à s'asseoir. Encore sous le coup de la surprise, la jeune fille s'exécute. À ses pieds, l'homme est toujours inconscient.

– Pas d'inquiétude, lui dit la vieille dame, il en a pour un moment avant de revenir à lui. La dernière fois, ils étaient deux quand ils sont venus. Ils pensaient que mon fils m'avait révélé l'endroit où il avait caché l'argent. J'aurais parlé, tu sais. Je n'ai jamais compris comment on peut résister à la torture. Mais je ne savais rien, alors ils m'ont frappée.

Sa voix baisse jusqu'à prononcer ce dernier mot dans un chuchotement.

– J'ai cru que tu étais une des leurs, qu'ils t'avaient envoyée pour tester la méthode douce, mais je me suis visiblement trompée. Tu ne fais pas partie de leur groupe, c'est ça ?

– Non, répond Romane.

– Tu devrais être plus prudente, petite. Ils auraient pu t'attendre ici, cachés dans la salle de bains, dans l'ascenseur, ou Dieu sait où encore.

– Je n'ai pas vraiment le choix, dit Romane.

– C'est ce que tu crois, mais on a tous le choix. Ces monstres sont capables du pire. Mon fils était un idiot. Mais Dieu que je l'aimais ! Et ils me l'ont tué ! Toi, tu as l'air d'avoir la tête sur les épaules, tu devrais rester à l'écart de toute cette histoire.

– J'aurais préféré. Mais, c'est ma petite sœur, Lou. On était tout près de là où... On n'était pas loin de votre fils quand c'est arrivé.

– Elle lui a parlé ?

– Je ne sais pas, c'est difficile de savoir. Elle dit qu'il était déjà... Elle entend des voix. Elle pense qu'elle discute avec des fantômes.

– Je vois.

D'un coup de la pointe de ses chaussures, la vieille femme fait osciller le corps du colosse afin de s'assurer qu'il n'a pas repris ses esprits.

– Et qu'est-ce que ta petite sœur a entendu ?

– Elle dit que votre fils lui a révélé l'endroit où il a caché l'argent. Dans la cabane où il jouait quand il était petit.

Madame Chalandry éclate de rire, mais applique aussitôt ses mains sur son visage. La douleur des hématomes est encore vive.

– La cabane ? dit la vieille femme. C'est vrai qu'il l'appelait comme ça !

Romane n'ajoute pas un mot. Elle sent qu'il est inutile de la brusquer.

– Pourquoi veux-tu cet argent ? reprend madame Chalandry après un silence. Tu veux devenir riche ? Tu veux t'acheter de beaux habits, des téléphones dernier cri, vivre dans un palace et manger des croissants au petit déjeuner ?

– Non, répond Romane.

– Tout le monde rêve de ça, petite. C'est humain.

– Pas moi. Moi, je rêve d'une vie normale.

22

Madame Chalandry attrape la télécommande de son lit à hauteur variable et appuie sur le bouton de descente jusqu'à ce que ses pieds soient posés bien à plat au sol, juste à côté du colosse.

Elle se lève, une main sur sa table de nuit, l'autre tenant toujours son arme. Debout, elle se place face à Romane et plonge son regard dans le sien.

Si elle avait le pouvoir de fouiller les pensées les plus secrètes, elle ne s'y prendrait pas autrement.

– Puisque tu n'es pas comme les autres, dis-moi pourquoi tu veux cet argent.

Des images de Lou envahissent l'esprit de Romane, la petite qui chante dans la baignoire, la petite qui joue au foot avec un caillou sur le chemin de l'école, la petite heureuse de recueillir une coccinelle sur la toile de la tente, la moue de contrariété qui s'affiche sur son visage quand on lui dit non.

Romane regarde la vieille femme droit dans les yeux. Pourquoi se sent-elle si à l'aise avec elle ? Elle sait qu'elle peut lui dire la vérité. Elle sait qu'elle n'a pas besoin de jouer un rôle. Sa voix est calme, mais il s'en dégage une force plus puissante qu'une révolte, une certitude.

– Les fantômes ne parlent pas, madame Chalandry, parce que les morts sont morts. Mais ma petite sœur, elle, parle. C'est même une vraie pipelette ! Et elle risque de mourir, à cause d'une saloperie qu'elle a dans la tête. Je veux continuer à l'entendre me parler, chanter, rire. Voilà pourquoi j'ai besoin de cet argent, pour faire reculer la mort. Et ça coûte très cher.

Quelqu'un toque à la porte et, avant même d'obtenir une réponse, l'ouvre. Une agent de service s'engouffre dans la chambre, un plateau-repas à la main.

– J'espère que vous avez faim, madame Chalandry. Parce que c'est purée et sauté de veau au menu ! Est-ce que vous vou...

La soignante se fige en découvrant derrière le lit le corps allongé du colosse. Elle regarde la vieille femme, puis la jeune fille, les deux ne se sont pas lâchées des yeux, immobiles, en silence. La tension est palpable.

– Ça va, madame Chalandry ? Est-ce que ça va ?

La pensionnaire se retourne vers elle.

– Cet horrible individu est revenu ! Heureusement que cette jeune fille était là. Elle l'a mis K.-O., mais j'ignore pour combien de temps.

La table à roulettes étant cassée, l'aide-soignante pose le plateau sur le lit. Dès qu'elle a les mains libres, elle appuie sur le bouton d'appel et prend son téléphone pour donner l'alarme.

Tandis qu'elle informe ses collègues de la situation, madame Chalandry se penche vers l'oreille de Romane.

– Pas la peine de chercher une cabane construite avec trois bâtons et deux bouts de ficelle au milieu des bois, chuchote-t-elle. La cabane de mon Denis, c'est un château, abandonné depuis longtemps. On raconte que l'endroit est hanté. Autant dire que les lieux sont déserts depuis un moment ! Denis y passait tout son temps libre, avec Vika, notre chien. Ils faisaient la paire, ces deux-là !

Romane prend sa main entre les siennes. La vieille femme a l'air si fragile, soudain ! Mais madame Chalandry retire sa main, tapote celles de Romane et soupire.

– La nostalgie est un poison sans antidote. Tu n'imagines pas comme je suis pressée de rejoindre Denis ! Donne-moi une carte que je te montre où tu pourras trouver la cabane.

Romane déplie la carte prêtée par Gary.

– C'est là, tu vois, pas très loin d'ici. Et maintenant, file... Il va y avoir du remue-ménage, ici.

Quand Romane quitte la chambre, elle croise plusieurs soignantes et le jardinier, reconnaissable à sa cotte de travail, qui courent dans le couloir. Elle désigne du doigt la chambre 314.

– Dépêchez-vous, il est là-bas, chez madame Chalandry !

23

Romane descend de la voiture qui l'a prise en stop. Dans le lointain, une cloche d'église sonne 14 heures.

C'est la première fois qu'elle se déplace ainsi, et elle était inquiète de savoir sur qui elle pourrait tomber. Madame Chalandry lui a confié son arme juste avant qu'elle ne quitte la chambre. Romane l'a glissée dans le sac à dos qu'elle porte désormais sur son ventre et cela lui a donné assez d'assurance pour tendre le pouce sur la petite route de campagne.

Finalement, c'est une jeune retraitée qui l'a prise à bord de sa petite Fiat. La dizaine de kilomètres a défilé très vite, dans le flot continu des paroles de la conductrice bavarde.

Il reste encore trois kilomètres à faire à pied. Trois quarts d'heure, pas plus.

– Bonne journée, Romain, et surtout bon stage !

Romane a repris son identité masculine, histoire de brouiller les pistes. Même si le colosse doit être en ce moment sous les verrous, elle se méfie. L'homme ne travaille pas seul.

Elle s'est aussi inventée un stage chez un agriculteur du coin.

Dès que la voiture redémarre, Romane se met en route d'un bon pas. L'itinéraire qu'elle a choisi n'est pas le plus direct. Elle préfère éviter le petit hameau où vivait madame Chalandry malgré les deux kilomètres supplémentaires nécessaires pour le contourner. Il pourrait être surveillé par les braqueurs, pas question de se jeter dans un piège !

Les véhicules, peu nombreux à cette heure, la doublent à toute allure. Les rares qui ralentissent font tambouriner son cœur. Romane essaie de marcher avec une assurance qu'elle n'a pas, comme si elle savait précisément où elle va. Car malgré toutes ses précautions, elle a peur.

Elle se tient prête à s'enfuir vers les bois quand ils sont proches, et serre les poings lorsqu'elle longe d'interminables champs. Le stress lui noue le ventre tandis qu'elle allonge le pas pour arriver à destination au plus vite.

La vue du mur d'enceinte du vieux château lui procure à la fois un intense soulagement et une vague d'appréhension. C'est le moment de vérité.

Si elle trouve l'argent, Lou pourra peut-être être sauvée, et elles se construiront une nouvelle vie.

Dans le cas contraire, ce sera fini.

Maintenant que le colosse a la preuve qu'elle est à la recherche du butin, la bande des braqueurs ne leur laissera aucun répit.

De loin, le château offre une image de prestige et de majesté, mais en approchant, les signes de son abandon se font visibles. Le mur d'enceinte est très abîmé par le temps, et une zone où les pierres se sont éboulées permet l'accès à l'intérieur de la propriété. Là, la nature a repris ses droits, le parc a l'allure d'une jungle. L'imposante niche, presque un chenil, devait témoigner auprès des visiteurs de la richesse du propriétaire des lieux au temps de sa flamboyance. Elle n'est plus désormais qu'une ruine aux murs en partie effondrés et dont ne subsiste qu'un morceau de toit. Le château lui-même fait grise mine. Fenêtres dépourvues de vitres, volets aux gonds arrachés, marches d'escalier cassées, toit percé de trous béants, on pourrait y tourner un film d'épouvante.

Malgré son envie de se précipiter dans le bâtiment pour commencer la fouille, Romane se contraint à patienter dix longues minutes pour s'assurer qu'elle ne court aucun danger. Mais seuls les oiseaux semblent peupler les lieux. Aucun mouvement, aucune odeur, aucun indice d'une autre présence.

Romane s'approche du côté du château, où elle a repéré une porte dont les gonds supérieurs sont descellés, créant ainsi une étroite ouverture par laquelle elle se glisse.

Commence alors l'exploration minutieuse des lieux. Pièces, couloirs, placards, pièces, couloirs, placards, les espaces s'enchaînent, nombreux. Romane reconnaît une cuisine, une pièce dont les dimensions lui font penser à une salle de réception, des toilettes dans lesquelles une poignée accrochée à une chaîne continue à pendre d'un réservoir d'eau en porcelaine. Tout est immense, en proportion de l'imposant château, et pourtant la fouille est rapide.

C'est avec un pincement au cœur que Romane découvre au fil de sa visite des lieux vandalisés. Tout a été volé, ou presque. Le parquet, les moulures des plafonds, les manteaux de cheminée, les radiateurs en fonte, les interrupteurs électriques.

Il ne reste que des lambeaux de papier peint au mur, les montants des portes, une chaise de métal à l'assise en skaï. Et les traces de ceux qui sont passés là : le tas de cendres d'un vieux feu de camp, des emballages de barres de céréales et des tags, partout sur les murs.

Après avoir fouillé chaque pièce de chaque étage, Romane est toujours bredouille. Même les combles n'ont rien donné. Elle a dû batailler pour traîner la vieille chaise sous la trappe d'accès, puis se hisser à la force des bras. L'endroit était désert, en dehors d'une famille de loirs que sa présence semblait importuner.

La déception la rend amère. Elle a dépassé tant d'obstacles pour arriver là, comment pourrait-elle se résigner à échouer si proche de son objectif ? Elle est forcément passée à côté de la cachette. Mais où ?

Sans écouter la fatigue qui alourdit ses jambes, elle repart des combles et recommence la fouille, en descendant les étages. Cette fois, elle ne laisse rien au hasard, levant la tête pour fouiller du regard les conduits de cheminée, vérifiant qu'il n'y a pas de pièce cachée en mesurant les distances à grands pas. Elle escalade même le vaste plan de travail de la cuisine pour vérifier qu'aucun placard secret n'a été construit au-dessus de la hotte. En vain.

C'est par une fenêtre du rez-de-chaussée que Romane ressort du bâtiment.

La déception a fait place à l'énervement. D'un coup de poing rageur, elle frappe le mur de pierre, puis balance un coup de pied dans le bois de la balustrade qui ceint le palier d'entrée. Elle s'en veut tellement ! C'est la vie de Lou qui est en jeu, et elle n'est même pas capable de résoudre un vulgaire cache-cache !

Dévalant les marches extérieures, elle s'éloigne lentement à reculons sans quitter la façade des yeux. L'argent est là, quelque part. Il est là. Tout prêt. Elle se répète en mantra la phrase « je dois le trouver, je dois le trouver, je dois... » Dans l'ombre de la bâtisse, elle frissonne, saisie par la fraîcheur.

L'idée lui vient subitement. Les gens qui habitaient là devaient avoir un chauffage, au bois ou au charbon, peut-être même le château a-t-il été habité assez longtemps pour qu'on y installe une citerne de fuel. Une chose est sûre : il y avait forcément un lieu pour stocker le combustible. Il faut trouver la cave.

N'ayant vu aucun accès par l'intérieur, Romane fait le tour du bâtiment au pas de course. C'est derrière de hautes orties qu'elle trouve l'accès au sous-sol. Deux battants inclinés, à moins de cinquante centimètres du sol. L'un des deux s'ouvre vers l'obscurité des profondeurs. Un nouvel espoir anime Romane. Sans même sentir la douleur de sa peau irritée par les piqûres, elle descend les marches de l'escalier.

Si seulement le portable de Gary avait une fonction lampe

de poche ! L'écran est ridiculement petit et le halo de lueur qu'il dégage mesure à peine la taille d'un ballon de foot, à vingt centimètres de ses pieds. Plutôt qu'une arme électrique, c'est une torche qu'il lui faudrait.

Romane s'enfonce prudemment dans l'obscurité. Une des marches centrales est cassée. Il faut tâtonner pour retrouver un sol plat, et avancer de quelques mètres. La nuit est complète.

Romane s'arrête, aux aguets. C'est alors qu'elle entend un bruit. Quelque chose d'à peine discernable. Comme un frottement de tissu, peut-être le pantalon de quelqu'un qui marche un peu plus loin. À moins que ce ne soit une main qui caresse le mur de la cave. Quelque chose d'humain.

La panique la saisit aussitôt, tandis que la vision du colosse s'impose à son esprit. Il lui faut quelques secondes pour se raisonner. Ça ne peut pas être lui. Les soignants de l'EHPAD ont forcément appelé la gendarmerie. À cette heure, l'homme doit encore être entre les mains des agents qui l'interrogent, ou même en prison.

L'oreille en alerte, elle s'impose de respirer lentement et profondément, et compte dans sa tête pour se calmer. Lentement, de un jusqu'à dix, puis de dix jusqu'à un.

Il n'y a plus aucun bruit. Romane songe qu'elle s'est affolée pour rien. Ce devait être des rats qui, comme les loirs au grenier, n'ont pas apprécié son intrusion sur leur territoire. Elle attend encore un long moment, immobile. Impossible de savoir combien de temps. L'obscurité rend difficile la mesure du temps qui passe.

Malgré ses efforts pour se rassurer, elle continue d'avoir peur, mais se refuse à reculer. Ce serait trop bête de renoncer maintenant qu'elle est si proche du but. L'argent ne peut être que là, puisqu'il n'est pas ailleurs ! Elle décide de poursuivre ses fouilles, en évitant d'allumer son portable dans le couloir afin de ne pas trahir sa présence.

Mains et bras en avant, elle longe le mur de droite. Un couloir dessert une première pièce. Elle en fait le tour en tâtonnant le mur du pied et de la main pour s'assurer de ne pas passer à côté d'un coffre qui serait posé là, puis sillonne la pièce en long et en large à la lueur de l'écran du portable. Elle ne trouve rien. Tous les trois pas, elle s'arrête et écoute le silence.

La fouille se poursuit dans deux autres pièces, situées un peu plus loin à droite. À cet endroit du bâtiment, le téléphone ne capte plus.

Tout au bout du couloir, elle s'engouffre dans la dernière pièce qui, au vu de l'odeur fossile, devait abriter la chaudière. À peine est-elle entrée que la lourde porte métallique se referme derrière elle.

– On la tient ! s'exclame quelqu'un.

– Voilà ce qui se passe quand on se promène dans les endroits interdits ! renchérit une voix féminine.

Romane hurle de terreur. Sans même prendre le temps d'allumer son portable, elle fait le tour de la pièce à la recherche désespérée d'une sortie. Elle trouve un battant métallique qu'elle cogne à grands coups de poing.

À son grand étonnement, la porte finit par rebondir sous ses coups. Elle n'était pas fermée à clé, et Romane la poussait au lieu de la tirer. Animée par un puissant sentiment de panique, elle s'échappe de la pièce, court dans le noir, s'écrase contre le mur du couloir.

Un jet lumineux puissant la surprend alors qu'elle arrive aux escaliers de sortie.

Elle n'a plus qu'une idée en tête. Ils sont là ! Ils la rattrapent ! Ils vont la tuer. Elle doit sortir, vite. Donner l'alerte, tout de suite.

Elle grimpe, trébuche sur la marche du milieu, dévale les escaliers jusqu'en bas. La douleur qu'elle ressent dans le genou lui coupe le souffle.

Elle retient ses larmes mais pas son cri. Un cri surgi du passé : « Maman ! », un cri de petite fille qui a besoin qu'on l'aide, qui a besoin qu'on l'aime.

Mais la mère de Romane est morte depuis trois ans. Et les morts ne peuvent pas aider les vivants. Romane est seule. La seule arme dont elle dispose est rangée dans son sac à dos. Trop tard pour la sortir.

Deux silhouettes, qu'elle distingue à peine tant la lampe qu'on pointe vers elle est puissante, s'avancent dans sa direction.

24

Au pied des escaliers, Romane a du mal à respirer, l'air de ses poumons est devenu béton. Même escalader les marches pour s'échapper devient une épreuve. Tandis qu'elle suffoque, l'un des inconnus dirige sa lampe torche sur son propre visage.

– Eh ! Ça va ? Tu t'es fait mal ?

Romane les voit. Ils sont deux, une fille qui tient la lampe, un garçon à côté d'elle. Ils sont à peine plus âgés qu'elle. Une caméra GoPro est fixée sur leur poitrine par un jeu de sangles. Deux jeunes qui s'offrent la visite d'un endroit interdit que ne mentionnent pas les prospectus de l'office du tourisme.

– Je suis désolée, dit la fille, c'était juste une blague. On croyait que t'étais adepte des cave-parties. Je pensais pas que t'allais réagir comme ça.

– Je sais même pas ce que c'est, une cave-party.

– Tu sais, ceux qui font les visites dans le noir, pour s'offrir des boosts d'adrénaline. Nous, on est plutôt urbex classique, mais on a éteint quand on t'a entendue arriver. On voulait te surprendre, pour rigoler. On n'a pas pensé que... Ça va, t'as mal ?

– Non. Un peu au genou, mais ça devrait vite passer.

– Pourquoi t'étais dans le noir ?

– Ma lampe marche plus.

– On a fini, faut qu'on reparte. Mais on est en scooter, on peut te ramener chez toi si tu veux.

– Sympa, mais j'ai déjà un pote qui doit passer me prendre.

– T'es sûre ?

– Ouais, y a pas de problème.

– OK. Tiens, prends ça, ça peut dépanner si tu veux finir le tour.

La fille lui tend un briquet. Romane le prend, ses doigts se crispent dessus comme s'il s'agissait d'un trésor.

Ils remontent les escaliers et sortent de la cave après un merci de sa part et un échange d'au revoir.

À son tour, Romane grimpe quelques marches, juste assez pour les voir s'éloigner, récupérer leurs scooters cachés dans la végétation du parc et se diriger vers la zone éboulée du mur d'enceinte.

Encore dix minutes de patience, pour s'assurer qu'ils ne reviennent pas, et Romane redescend, bien décidée à finir la fouille qu'elle avait commencée. Cette fois, elle ne le fera pas sans un peu de lumière.

Elle ramasse tous les vieux papiers qu'elle peut et les enflamme en guise de torche, l'un après l'autre, à mesure qu'elle progresse dans les caves malgré son genou douloureux. Ici, le sol n'est qu'en partie en terre battue, le reste est couvert de pavés.

Ce devait être des caves à vin ou à fromage. La fumée la fait tousser et la gêne pour avancer. Pourtant, elle explore chaque recoin, furetant le long des murs, levant les yeux vers les plafonds voûtés. Elle scrute le sol à la recherche d'une différence de couleur.

Une fois encore, en vain. Pas de sac, pas de coffre, pas de trappe, aucun signe que les pavés ont bougé ou que la terre a été récemment remuée.

Le découragement saisit Romane tandis qu'elle remonte à l'air libre. Elle se sent soudain si fatiguée ! Comment a-t-elle pu croire qu'elle parviendrait à dénicher l'argent, alors que plusieurs gangsters le cherchaient ? C'est ridicule ! Elle espérait tellement réussir à soigner Lou qu'elle s'est elle-même bercée d'illusions !

Elle fait une dernière fois le tour du bâtiment et s'assoit sur les marches extérieures menant à l'entrée principale du château.

Dehors, la vie suit son cours. La journée s'achève. Des oiseaux chantent ici et là, une voiture passe sur la route, pas très loin.

La jeune fille imagine Denis, quand il était enfant. Cet endroit devait être un vrai paradis pour s'inventer mille vies romanesques, tantôt pirate ou bien roi, chevalier ou enchanteur, avec un chien en guise de fidèle compagnon d'aventures.

D'où vient cette impression bizarre d'oublier quelque chose ? Romane regarde autour d'elle, comme si elle était passée à côté de l'essentiel. Ses yeux se posent alors sur la niche.

Elle se lève d'un bond, retient un cri à grand-peine. Denis venait ici avec son chien, il a dû passer plus de temps dans la niche à se raconter des histoires qu'à jouer dans le château ! L'argent est là, c'est sûr !

Une puissante certitude la fait courir jusqu'à la petite cabane de pierre en ruine. Le lierre forme un rideau qu'elle écarte d'une main, dévoilant un réduit sombre.

Pleurer ou rire ? Romane mélange les deux, tant son émotion est forte. Les sacs sont là, cinq sacs de sport noirs à lanières, regroupés sous une bâche.

La fermeture éclair du premier coulisse sans effort et s'ouvre sur des pavés de billets de cinquante euros. Vingt pavés de billets de cinquante euros. Il doit y avoir un million d'euros dans chaque sac.

Rarement Romane n'a ressenti autant d'exaltation. Ce sentiment de pouvoir, cette sensation d'être invincible, un instant de pure félicité. Encore plus puissant que le jour où, à dix ans, elle a sauté dans la piscine depuis le plongeoir de trois mètres.

Puis la réalité la rattrape. Un seul sac pèse bien plus lourd que celui du collège. Les cinq réunis doivent peser plus que son propre poids.

Elle décide de n'emporter qu'une partie du butin et de revenir chercher le reste au plus vite.

Le clocher lointain sonne huit coups. Il fera bientôt sombre. Malgré la faim qu'elle ressent et son envie de rentrer, Romane se raisonne.

Mieux vaut passer la nuit ici plutôt que d'être surprise par l'obscurité sur les routes de campagne où elle risque de se perdre.

Elle tente d'allumer son téléphone, mais elle a beau s'acharner, il refuse de se mettre en route. Le fait de l'utiliser en lampe d'appoint a probablement vidé sa batterie. Elle ne peut pas prévenir Lou de son absence pour la nuit. Heureusement qu'elle sait pouvoir compter sur Gary pour bien s'occuper d'elle.

Elle se glisse dans la niche sur la bâche, pelotonnée entre les sacs, sous le toit de tuiles. Du bout du pied, elle repousse le lierre pour qu'il referme l'accès.

Sans même s'en rendre compte, elle bascule dans le sommeil.

Le lendemain, une brume matinale habille le parc d'une douce aura blanchâtre. Romane quitte l'abri de la niche en tirant un sac noir derrière elle.

Elle glisse cinq billets dans sa poche, cinq autres dans son petit sac à dos, et attrape le sac à bras-le-corps pour enfiler ses anses comme des bretelles.

Pour plus de sécurité, elle a plaqué l'arme contre elle, le canon coincé sous l'écharpe qui lui écrase la poitrine. En cas de problème, elle ne paniquera pas comme la veille. Elle n'aura qu'à passer la main sous son tee-shirt pour le dégainer.

Avant de repartir, elle efface ses traces, remet le lierre en place, redresse les herbes hautes qu'elle a aplaties la veille en s'approchant de la niche.

Il est temps de rentrer au cimetière.

25

La matinée commence sous un doux ciel de printemps sans que Cédric n'en sache rien. Prisonnier de la cave obscure, il a perdu le fil du temps. Son état s'est encore aggravé.

Ses poignets attachés dans le dos tirent douloureusement sur sa nuque. Le manque d'alcool continue à produire ses effets. Il tremble violemment, de tous ses membres. Le moindre petit bruit le fait sursauter, comme si une bombe venait d'exploser.

Il croit sentir des rats et des serpents courir sur son corps, grignoter ses chaussures et se glisser dans ses vêtements. Et faute de pouvoir les chasser d'un coup de main, Cédric ignore qu'il ne s'agit que d'hallucinations.

Les rares répits qu'il trouve dans le sommeil sont interrompus par un cauchemar qui le réveille en hurlant. Toujours le même : Romane et Lou, ses filles chéries, couchées dans un cercueil de verre, sur lequel des inconnus jettent des pelletées de terre jusqu'à les faire disparaître.

Alors qu'il se redresse une fois encore en hurlant, violemment arraché aux bras de Morphée, il ferme les yeux, ébloui par une puissante lampe torche.

Il distingue à peine les silhouettes sombres du colosse et de son boss qui viennent d'entrer dans la pièce.

– Alors, dit le boss, est-ce que le papa de nos petites fugitives est revenu à la raison ?

Sa main emplit lentement un verre de vodka dans un bruyant glougloutement, et le tend à Cédric, dans la lumière.

Tout le corps du père de Romane et Lou s'étire vers le verre.

– Tiens, bois ! dit le boss. On va discuter.

Le colosse s'approche et, d'un coup de couteau, tranche le plastique du collier de serrage. Cédric ramène ses bras vers l'avant, grimaçant après cette immobilité forcée. Sans même qu'il en prenne conscience, sa main droite se dirige vers le verre offert malgré ses muscles endoloris. Le boss, toujours dissimulé dans l'obscurité, le lui glisse entre les doigts.

Aussitôt, le contact lisse et froid aide Cédric à reprendre ses esprits. Par un effort démesuré de sa volonté, il s'oblige à lâcher le verre. La tentation est intense, obsédante, mais l'amour de Cédric pour ses filles l'aide à ne pas céder.

– Je ne dirai rien.

– Je peux le faire parler, boss, propose le colosse.

– Non, je préfère le garder en vie encore un moment. Il pourra servir à faire parler les filles. Et puis, il m'a résisté, il faut bien qu'il paie pour ça.

Le boss fait claquer ses talons sur le sol de la cave et s'agenouille devant Cédric. Ce dernier est recroquevillé sur le sol, les yeux fermés, comme s'il s'attendait à être frappé.

– Tes filles, nous allons les retrouver. On les enfermera dans la cave juste à côté. Et tu les entendras hurler quand on les torturera. C'est dommage, ça aurait pu bien se passer. On aurait eu cette petite discussion, toi et moi, on serait allés chercher tes filles, et vous seriez repartis ensemble vivre une vie heureuse. Mais non, tu as préféré me tenir tête.

Se relevant doucement, le boss s'en retourne vers la porte.

– Ce sera toi, le responsable de la mort de tes filles.

À peine l'obscurité revenue, Cédric pose ses mains sur ses oreilles. Le bruit de ses dents qui claquent lui brûle les tympans. Il s'évanouit.

26

La voiture ne dépasse pas les cinquante kilomètres-heure, c'est une de ces petites boîtes métalliques qu'on peut conduire sans permis. Assise sur le siège passager, Romane se félicite que le moteur soit bridé.

Le chauffeur qui l'a prise en stop, un vieux monsieur qui plisse les yeux pour mieux voir la chaussée, accélère à chaque intersection, insulte les véhicules qui le doublent, et freine dans les tournants. Véritable moulin à paroles, il ne cesse de la sermonner en une diarrhée verbale irrépressible.

– Vous savez ce que c'est, jeune homme. De nos jours, mieux vaut être prudent ! Même dans nos campagnes, vous auriez pu tomber sur un monstre.

– Je n'avais pas d'autre solution.

– Mais si ! Vous, les jeunes, vous pouvez appeler un Robert.

– Un Robert ? s'étonne Romane.

– Non, c'est pas Robert. Un... Un...

Après quelques secondes de silence, le chauffeur poursuit, triomphant :

– Un Hubert !

Romane ne peut s'empêcher de sourire. C'est sûr, elle aurait probablement été plus en sécurité dans le véhicule d'un chauffeur Uber.

Mais malgré les frayeurs que lui vaut sa conduite, Romane est reconnaissante. Combien de kilomètres a-t-elle parcourus à pied sur la route déserte avant qu'il ne s'arrête pour la prendre à bord ? Trop ! Beaucoup trop ! Avec le poids du sac qui lui vrille le dos, son genou douloureux après la chute dans les escaliers de la cave et ses ampoules aux pieds qui ont éclaté, elle n'aurait pas tenu plus longtemps.

L'une des lanières du sac a commencé à se déchirer. Romane n'a qu'une crainte : qu'il se déchire, que les billets s'envolent, que la police se jette sur elle.

– Pas plus tard qu'hier, dit le chauffeur, y a un gars qui s'en est pris aux vieux de la maison de retraite, juste là, pas loin d'ici. Quelle honte ! S'attaquer à des vieux... De mon temps, les gangsters avaient assez de moralité et de dignité pour mieux choisir leurs cibles. Ils n'ont même pas réussi à l'attraper ! Il paraît qu'il a sauté par la fenêtre d'une chambre, au troisième étage, et qu'il est parti en courant comme un lapin de garenne. Y a pas de justice, dans ce monde... Quand je pense qu'il s'en sort sans une égratignure alors que je me suis donné un tour de rein en sortant la lame de mon couteau à pain qu'était restée coinc...

Romane n'écoute plus rien. L'image du colosse courant dans le parc de l'EHPAD passe et repasse en boucle dans sa tête. L'homme est sûrement déjà reparti sur ses traces. Qui sait où il peut être en ce moment même !

Alors que la voiture roule dans les rues de la ville, Romane scrute les alentours avec angoisse. Elle pourrait se retrouver nez à nez avec lui à n'importe quel moment.

Ignorant son désarroi, le vieux chauffeur continue à parler tandis qu'il s'arrête devant la gare pour la laisser descendre.

– Allez, mon gars, c'est là. Bonne chance pour ton stage.

Romane hésite, la main sur la poignée. Elle ne voit aucun signe du colosse, mais la peur, insidieuse, a distillé son venin dans tous les muscles, les nerfs et les neurones de son corps. Une seule chose la rassure : l'arme. Elle finit par ouvrir la portière.

Après quelques contorsions pour descendre, sans lâcher son sac et sans montrer la bosse que l'arme forme sous ses habits, Romane remercie le chauffeur une dernière fois.

Elle n'attend pas qu'il redémarre et file dans la première rue qui vient, jusqu'à atteindre une boulangerie, où elle se met à l'abri des regards.

– Deux pains au chocolat et un Orangina, s'il vous plaît.

– Vous n'avez pas moins gros ? lui demande la boulangère en regardant le billet de cinquante euros qu'elle a posé sur le comptoir.

– Désolée, j'ai pas de monnaie.

Elle repart, le sachet de kraft glissé entre les dents, des pièces et des billets dans une main, l'autre sécurisant le sac dans ses bras.

D'abord manger, elle a trop faim pour attendre. Elle avale son petit déjeuner à toute vitesse. Elle sait qu'une navette fera le trajet de la gare au cimetière américain un quart d'heure plus tard. Romane continue à marcher dans la ville et trouve une maroquinerie.

– Puis-je vous aider, monsieur ? demande la vendeuse.

– Je viens pour une valise.

– Quatre ou deux roulettes ? Nous avons plusieurs modèles. Vous en avez qui ferment avec une fermeture éclair, et d'autres avec des clips à crochet. Extérieur en tissu enduit ou coque plastique. C'est pour un grand voyage ? Ou un petit week-end ?

– Je vais prendre celle-là, répond Romane en montrant un modèle cabine.

– Très bon choix. Venez avec moi, je vais vous l'ouvrir. Vous allez voir, l'intérieur est superbe, la doublure est amovible. Très, très pratique pour la passer en machine.

– Pas la peine, je la prends.

– Très bien. Je vous montre comment marche le petit cadenas.

– Non, je voudrais payer s'il vous plaît. J'ai un train.

Romane essaie de ne montrer que de l'impatience, et non l'exaspération qu'elle ressent. Elle veut cette valise, elle en a besoin, tout de suite.

Retourner à la gare avec le sac à porter d'un côté, la valise à tirer de l'autre et l'arme qu'elle garde à proximité lui provoque une suée. Elle se rappelle ce cours d'EPS où elle avait couru trois quarts d'heure avant de tomber en arrière, bras en croix dans l'herbe du stade au coup de sifflet.

Elle n'a pas osé mettre le sac dans la valise alors qu'elle était encore dans le magasin. Trop haut pour rentrer tel quel, il aurait fallu vider son contenu à l'intérieur de la valise, sous les yeux de la vendeuse. Il n'en était évidemment pas question.

La fatigue que Romane ressent aujourd'hui est incommensurablement plus profonde que celle d'un cours d'EPS. Ses os seraient en train de ramollir que ça ne l'étonnerait pas. Et la sensation latente d'être espionnée, attendue au coin d'une rue par le colosse, provoque en elle une angoisse qui dévore toute son énergie.

Enfin la gare, direction les toilettes. À l'abri de la cabine, sa valise ouverte posée sur la lunette, Romane transvase les paquets de billets et pose le sac vide par-dessus. Elle hésite une seconde à y ranger l'arme, mais préfère la garder sur elle. Une fois la valise prête, elle regagne le parking. La navette est là.

– Attendez, jeune homme, je vous ouvre la soute, dit le chauffeur en la voyant grimper son bagage à la main.

Ce n'est pas le même que celui qui l'a emmenée la veille. Celui-ci est plus âgé.

– Je peux la garder près de moi ? demande-t-elle. Je la coincerai à mes pieds.

– C'est que j'ai pas le droit ! répond le chauffeur. Ça valdingue en cas d'accident, c'est dangereux.

– Mais j'ai mon inhalateur dedans, je fais de l'asthme. Et mes cours à réviser, mes livres. Mon ordi, aussi. De toute façon, avec vous, y a aucun risque d'accident, pas vrai ?

Romane lui adresse un sourire, mais n'en mène pas large. Elle sent que le chauffeur hésite, mais il finit par lui faire signe de grimper. Elle le remercie et traverse le bus, sa valise dans les bras, le dos penché en arrière pour équilibrer le poids des billets.

Le chauffeur la suit des yeux dans son rétroviseur.

– Ça a l'air lourd ! s'étonne-t-il.

– Ouais ! répond Romane. Vous savez ce qu'on dit : les études, ça ne casse pas que la tirelire, ça casse aussi le dos.

Heureusement que le chauffeur ne peut pas voir son visage. Romane est crispée, ses sourcils froncés. Cela fait des années qu'elle ment, au collège, à l'école de Lou, à l'assistante sociale, aux médecins, à tout le monde. Mentir une fois, c'est facile. Mais elle sait qu'il suffit d'un tout petit indice pour se faire démasquer. Aujourd'hui, elle n'a pas le droit à l'erreur, même minime.

Elle s'installe sur la banquette du fond, contre la vitre, la valise sur la place d'à côté. Elle se penche en avant, la tête entre les genoux, invisible depuis l'extérieur, espionnant ceux qui montent dans le bus. Ce n'est que lorsque la navette démarre qu'elle se redresse.

L'esplanade de la gare est déserte.

Cette fois, ça y est, c'est la dernière ligne droite avant de retrouver Lou. Romane a assez d'argent pour l'emmener aux États-Unis, loin du colosse et de ses complices, rencontrer la chirurgienne qui lui offrira un avenir.

27

Quand Romane arrive chez Gary, la maison est fermée. Comme prévu, elle trouve la clé dans la poche de la redingote de l'épouvantail. Un petit mot l'attend sur la table de la cuisine.

« Romane,

Je suis au boulot, Lou est avec moi.

J'espère que ça va.

Fais-nous signe à ton retour.

G. »

Pauvre Lou... Elle a dû se faire du souci, songe Romane. Ça n'a pas dû être facile de s'endormir toute seule dans le grand lit. Si elle s'écoutait, elle foncerait droit vers le cimetière pour la retrouver et la rassurer. Mais Romane s'en empêche. Si elle veut atteindre son objectif, elle a encore besoin de faire quelque chose sur Internet, juste quelques minutes avant de courir rassurer Lou.

L'ordinateur tarde à s'allumer. Elle en profite pour attraper quelques tranches de pain de mie superposées, et mange un sandwich à rien en ouvrant un site de financement participatif.

Créer un compte et ouvrir une cagnotte ne lui prend que quelques instants. Elle va piocher dans son cloud les quelques photos de Lou prises pour le cahier de l'école, celles où la petite est souriante et débordante de vie. Un titre « #SauverLou », un petit texte de présentation, un minimum d'explications, et c'est fini.

Ensuite, elle monte la valise dans sa chambre et y range l'arme donnée par madame Chalandry sous un tas de billets.

C'est à ce moment-là qu'elle entend Gary rentrer et claquer la porte derrière lui :

– Romane ? T'es là ?

L'angoisse revient en force. Pourquoi Lou n'est-elle pas avec lui ? Si c'était le cas, elle aurait déjà grimpé les escaliers pour se jeter dans ses bras.

– Elle est où, Lou ? dit-elle en glissant la valise sous le lit.

– Je suis passé lui chercher un goûter et j'y retourne, dit Gary. Mais faut que tu viennes, elle est inquiète pour toi !

Romane atteint les premières marches de l'escalier quand le carillon de la maison retentit. Aussi silencieusement que possible malgré son cœur qui bat la chamade tant elle a peur de voir surgir le colosse, elle remonte sur le palier et tend l'oreille pour savoir qui a sonné.

Gary ouvre la porte avec un bonjour.

– Bonjour monsieur, lui répond une voix de femme. Vous me reconnaissez ?

– Vous êtes l'instit d'hier matin, répond Gary. Merci encore d'avoir accepté d'ajouter Lou à votre groupe.

– Je vous en prie, c'est... Je ne sais pas trop comment dire, c'est...

– Il y a un problème ?

– Non ! Enfin, si, mais pas avec la petite Lou, bien au contraire. Notre guide était malade, une gastro, vous voyez le genre. Elle a été obligée de partir, et j'ai poursuivi la visite avec la classe. C'est là que votre petite est intervenue. Elle nous a fait faire le tour de sept tombes et nous a raconté l'histoire des hommes qui reposent là, sous les croix. Pas seulement la guerre, elle a parlé des jeux de leur enfance, de leur plat préféré, de leurs chiens et de leurs chats, de l'endroit où ils cachaient leurs billes, de leurs copains, des parents, de tout, de rien. C'était incroyable ! J'emmène ma classe tous les ans ici, j'ai un peu perdu l'émotion des premières fois. Mais hier, j'ai pleuré.

– Elle a beaucoup d'imagination, cette gosse.

– C'est ce que je me suis dit aussi. Mais elle ne s'est pas arrêtée là. Elle a parlé de la traversée en bateau, de l'arrivée sur la plage, de l'enfer. Vous auriez vu mes élèves... Émus, bien sûr, comme moi, mais plus que ça encore. Et quand elle a récité la comptine d'enfance qu'un des soldats se répétait en boucle dans sa tête pour s'empêcher de penser à ce qu'il se passait sur la plage, on a tous eu le cœur en vrac. C'était en anglais, les enfants ne comprenaient rien, mais on avait vraiment l'impression que ce soldat parlait à travers elle. Je n'arrive toujours pas à y croire, même l'accent était parfait ! On avait l'impression qu'elle racontait la vie d'amis très proches.

Du haut de l'escalier, Romane mordille sa lèvre inférieure. Elle ne comprend pas cette histoire de comptines en anglais. C'est vrai que Lou en apprend pendant la leçon d'anglais dans sa classe, mais de là à faire croire que c'est celle d'un soldat ! Lou ne pouvait pas rester tranquille au lieu d'attirer l'attention sur elle ?

Il faudrait peut-être que Romane arrête de lui raconter des histoires, ça lui donne envie d'en raconter à son tour. Si seulement Lou se contentait des aventures d'un lapin, d'un ours ou d'un lama !

– Désolé, dit Gary, mais j'ai laissé Lou le temps de passer lui chercher un goûter, je ne vais pas pouvoir rester.

– Bien sûr, dit la visiteuse, je vais m'en aller, mais dites-moi : est-ce que vous êtes son père ?

– Non.

– Où est-ce que je pourrais joindre ses parents ?

– Pourquoi ?

– Je sais que ça paraît fou, mais voilà. J'ai fait des recherches, hier, en rentrant à l'école. Sur les noms, les lieux, tout ce que j'ai pu grappiller sur les sites américains consacrés à la mémoire des soldats, et sur les sites de généalogie. Tous les éléments qu'elle a racontés et que j'ai réussi à recouper sont vrais. J'ai appelé le cimetière hier soir pour savoir s'il y avait un audioguide, un bouquin, une expo, quelque chose qui relate la vie de ces pauvres gens avec autant de détails. Et il n'y en a pas, ni ici ni ailleurs, ça n'existe pas. Et pourtant, Lou n'a pas inventé ces histoires, donc quelqu'un les lui a forcément racontées.

– Vous pensez à qui ?

– Aux soldats, répond la femme.

– Ne me dites pas que vous croyez aux fantômes !

– Comment une petite de son âge peut-elle savoir tout ça ? À moins que ses parents soient des historiens spécialisés ?

– Écoutez, je vais en parler à ses parents, je leur dirai que vous êtes passée. Vous voulez leur laisser une carte, un numéro de téléphone ?

– Mon compagnon est journaliste. Il a écrit un article et...

En entendant le mot journaliste, Romane enfonce son poing serré entre ses dents. Elle ne doit surtout pas crier, elle ne veut pas que la femme la repère. Mais elle peine à maîtriser l'effroi qui l'a saisie.

Le journaliste veut publier l'histoire de Lou, avec un titre alléchant pour ses lecteurs, comme « la petite fille qui écoute les fantômes parler ». Si l'institutrice cherche leurs parents, ce n'est pas pour connaître leur métier, c'est pour leur demander l'autorisation de publier la photo de Lou. Si elle ne l'obtient pas, son portrait sera quand même publié, un peu flouté. L'article sera en ligne le soir même, la publication dans le journal papier prendra le relais dès le lendemain matin.

Ceux qui les traquent doivent éplucher la presse régionale, en plus de surveiller les hôpitaux, les commissariats, les auberges de jeunesse... Ils savent que deux mineures en fuite sans un sou feront forcément parler d'elles à un moment ou à un autre. Les chasseurs sont à l'affût, les proies doivent bouger pour leur échapper.

L'évidence s'impose à l'esprit de Romane : il faut partir, tout de suite.

Tandis que l'enseignante continue à parler avec Gary, Romane referme doucement la porte de la chambre. Elle aurait aimé prendre une douche, elle se sent sale. Elle aurait aimé manger chaud, ce soir, elle a faim. Elle aurait aimé faire une lessive, elle ne s'est pas changée depuis leur départ.

Les larmes lui montent aux yeux à l'idée de quitter cet endroit où elles pouvaient enfin souffler. Mais elle ne les laisse pas couler.

La grande différence par rapport au début de leur périple, c'est qu'aujourd'hui Romane a assez d'argent pour payer l'hôtel, le restaurant, des vêtements neufs, un téléphone, un ordinateur, tout ce qui sera utile.

Elle ressort la valise, l'ouvre sur le lit et en prélève l'arme et quelques billets qu'elle glisse dans son sac à dos. De quoi affronter les prochaines vingt-quatre heures.

La voix de Gary retentit dans la chambre sans qu'elle l'ait entendu arriver.

– C'est quoi tout ce fric ?

28

Romane n'a pas besoin de se retourner pour savoir que Gary est debout dans l'encadrement de la porte de la chambre, le regard fixé sur la valise pleine de billets. Qui pourrait détacher son regard d'une telle montagne d'argent ?

Elle songe que c'est un de ces moments où les vraies personnalités se révèlent. Gary peut se débarrasser d'elle et de Lou et garder l'argent. Ou il peut rester, comme il l'a été jusque-là, un type bien.

– Je t'ai fait peur ? demande-t-il. Tu m'excuseras, mais là... Entre la petite qui cause aux esprits et la grande qui se trimballe une valise blindée de fric, je me demande si j'aurais pas mieux fait de vous laisser à la gare.

Le soulagement qui déferle en Romane chasse la tension intense qui crispait ses muscles jusqu'à en avoir mal. Gary est resté Gary. Et cette nouvelle est la meilleure que Romane ait eue depuis la découverte de l'argent.

– Elle est partie, la prof ? demande-t-elle.

– Quelle emmerdeuse, celle-là !

– On va devoir partir, nous aussi.

– J'imagine que le portrait de la petite dans les journaux y est pour quelque chose ?

– Je peux rien dire.

Gary semble en colère, les traits de son visage sont tendus.

– Tu sais pourquoi je ne vous ai pas posé de questions quand vous êtes montées en voiture avec moi ? Parce que j'ai connu la même situation que vous. Moi aussi, j'ai pas eu de parents pour assurer. Moi aussi, j'ai fugué d'un foyer, plusieurs fois même. Je pensais que c'était ça pour vous aussi, une fugue, rien de plus. T'as quoi ? Quatorze ? Quinze ans ? Et la petite, elle en a cinq, max. Et tu veux continuer à traîner sur les routes avec elle, en te fagotant comme un mec et en traînant une foutue valise de billets ? C'est de l'inconscience, Romane ! Tu te mets en danger, et la p'tiote aussi. Le fric sale, c'est du poison. Rends cette valise à ceux à qui tu l'as piquée, et retourne à l'école pour apprendre à en gagner honnêtement.

Romane hausse les épaules. Elle a la gorge trop serrée pour pouvoir parler. Elle sait que Gary a raison, et elle le déteste à cause de ça.

Gary s'approche et esquisse un coup de poing dans l'épaule de Romane, comme un de ces gestes amicaux qu'on voit les bons copains faire dans les films.

Bousculée, Romane réagit en bondissant sur le côté. Une rage brutale prend possession de son corps tout entier.

– Ton conseil, c'est de retourner à l'école, c'est ça ? dit-elle d'une voix grave avant de se mettre à crier. Mais j'en rêve, de retourner à l'école, de faire mes devoirs en bouffant des tartines au Nutella pour le goûter, de me coucher en n'éteignant pas trop tard sinon je serais fatiguée demain. Merde ! Tu crois quoi ? Que je fais tout ça pour m'amuser ?

– Je ne sais pas, répond Gary.

L'homme a gardé son calme, ce qui exaspère d'autant plus Romane.

– Tu ne sais pas... Évidemment que tu ne sais pas ! poursuit-elle. Tu sais rien de notre mère qu'est morte dans un accident de voiture, tu sais rien de notre père qui conduisait et qu'est plus bon qu'à s'enfiler n'importe quel liquide pourvu que ça affiche des degrés, tu sais rien de la bombe à retardement que Lou a dans la tête et qui finira par la tuer. Tu sais rien, rien de rien ! Alors, ferme-la avec tes leçons de morale à la con. Je n'ai pas le choix.

– On a toujours le choix.

– C'est faux. Je n'ai pas le choix. JE N'AI PAS LE CHOIX !

Romane a hurlé sa dernière phrase dans un tremblement de sanglots, et les mots qui s'envolent entraînent sa rage dans leur sillage. Une chape de tristesse s'abat sur elle, pesant sur sa tête, ses épaules et son cœur. Elle se voit se débattre dans la vie, comme une mouche qui s'apprête à se noyer avec pour unique horizon les parois lisses d'un verre de lait.

Si seulement elle était sûre que l'argent pouvait sauver Lou ! Mais rien n'est sûr, rien. Rien sauf le fait que Romane ne laissera pas sa petite sœur mourir loin d'elle, dans une famille d'accueil inconnue. Romane ne l'abandonnera jamais, au risque d'y perdre son propre avenir.

Sans un mot, Gary prend Romane par le bras. Il repousse la valise un peu plus loin sur le lit, et l'incite à s'asseoir. Il passe son bras autour de ses épaules et murmure comme à un enfant qui vient de faire un cauchemar :

– Chut, respire bien. Vas-y, pleure. C'est bon pour ce que t'as.

Et Romane lui raconte tout. Le père qui rentre alcoolisé, la tente dans la forêt, le diagnostic du médecin, la chirurgienne américaine, le devoir de maths sur copie double, le meurtre du casseur, la fuite jusque chez lui, la rencontre de madame Chalandry, les billets dans la niche.

Après ça, elle se sent épuisée, vidée, mais aussi soulagée. Pour la première fois, elle n'est plus seule à porter le poids de la vérité.

– Viens boire un coup en bas, dit Gary en se levant et en lui tendant la main pour l'aider à en faire autant, il doit me rester du sirop de fraise dans un coin de placard.

– Il faut d'abord que j'aille chercher Lou, dit Romane.

– Bah, qu'est-ce que tu veux qui lui arrive ?

Romane essuie ses yeux rougis par les larmes, attrape le sac avec l'arme et l'argent et descend les escaliers.

– J'ai peur, j'ai peur tout le temps. J'ai peur qu'il lui arrive quelque chose, tu comprends ?

– OK, va la chercher. Mais écoute juste un truc avant. T'en feras ce que tu veux et on en parlera plus. Ton histoire d'argent, ça tient pas la route. Aucun douanier te laissera passer à l'aéroport avec une valise remplie de billets. Et si les gens de la banque voient débarquer une mineure qui vient déposer un pactole, ça va leur sembler suspect. Ils relèveront les numéros des billets, et mettrons pas deux secondes à faire le lien avec le casse. Alors, laisse tomber tout ça. Lou, elle a besoin d'être heureuse. Elle pourrait l'être dans une famille d'accueil. Elle serait au calme. Tu pourrais aller la voir. Et toi, t'aurais l'esprit enfin tranquille pour bosser à l'école.

Romane baisse la tête.

– Je peux pas. Je lui ai promis.

Elle pose son sac à dos dans l'entrée, elle le récupérera en amenant Lou dire au revoir. Sans un mot de plus, elle sort et marche à grandes enjambées vers le cimetière, malgré son genou qui la tiraille encore un peu.

Sa sœur n'est pas dans le coin habituel. Romane s'enfonce un peu plus loin, au milieu des croix blanches. Son cœur manque de s'arrêter en apercevant la silhouette haute et large d'un homme assis sur un banc.

Le colosse est là, il la regarde avec un petit sourire narquois.

La terreur la plus brute glace Romane des pieds à la tête quand elle reconnaît ce qu'il agite lentement dans sa main : un doudou lapin auquel il manque une oreille.

29

Romane marche aux côtés du colosse, en silence, en direction du parking. C'est l'ordre qu'il lui a donné quand elle s'est approchée de lui. Le marché est clair : elle révèle au boss des casseurs la cachette des billets, et sa sœur aura la vie sauve.

Que pourrait-elle faire d'autre que lui obéir ? Elle écrase le doudou de Lou entre ses doigts. Ils ont enlevé Lou, ils lui ont sûrement fait du mal, peut-être même que sa petite sœur est déjà... Romane refuse de penser au pire. Si au moins elle avait emporté l'arme avec elle.

Elle s'en veut tellement ! Tout ça, c'est de sa faute. Elle n'a pas été assez prudente. Peut-être qu'ils ont suivi la navette. Peut-être que madame Bérard leur a donné le numéro qui n'était pas si bien masqué. Peut-être que...

– Comment vous nous avez retrouvées ?

– C'était pas simple. On vous a vues sur les vidéos de la gare de Bayeux. Mais là, on était coincés. Finalement, notre boss a dégoté une vieille qu'a voyagé avec vous, ou plutôt un grand frère et une petite sœur, le coup classique du déguisement. La vieille trouvait bizarre le gars avec qui vous êtes parties en voiture. Elle a noté la plaque. Le brassard de police, ça fait parler les gens...

Qu'importe ce qui s'est passé, qu'importe ce que la vieille dame a fait, songe Romane. Ils sont là, maintenant.

À l'entrée du parking, Romane s'arrête. Le colosse l'imite aussitôt. Des touristes vont et viennent sans leur prêter attention. Ces gens sont la seule garantie de sécurité de la jeune fille.

– Je veux une preuve qu'elle est vivante, demande-t-elle.

– Avance, lui intime l'homme, et t'en auras une très vite.

– Je refuse d'approcher d'une voiture tant que je ne serai pas sûre.

– Tu vois la berline noire, là-bas ? demande l'homme en désignant un véhicule de standing, à la carrosserie étincelante, situé une dizaine de mètres plus loin.

Sans attendre sa réponse, il sort la carte-clé et, après un coup d'œil aux alentours pour s'assurer que personne n'est trop proche, déclenche l'ouverture du coffre.

Romane aperçoit la petite silhouette de Lou recroquevillée immobile dans le fond.

– Qu'est-ce que vous lui avez fait ? demande-t-elle en courant vers elle. Si vous l'avez touchée, si vous l'avez...

– Eh ! calme-toi ! Elle est en vie, la gosse, regarde !

Il la retient par le bras avant qu'elle n'atteigne la voiture. Puis il range la carte du véhicule dans sa poche et en sort ce qui ressemble à une télécommande de portail. Lorsqu'il appuie sur l'un des boutons, Lou sursaute et retombe au fond du coffre, le corps animé de convulsions.

– Arrêtez ! crie Romane en tentant de lui échapper.

Des touristes tournent la tête dans sa direction. Le colosse tapote l'épaule de Romane avec un bon sourire de famille. Rassurés, les touristes s'éloignent.

– Ne fais plus jamais ça, murmure-t-il entre ses dents, sinon, c'est ta frangine qui prend.

D'un mouvement rageur, il appuie à nouveau sur la télécommande. Le corps de Lou se tend brutalement en arc de cercle avant de retomber, inerte.

– Vous, ne faites plus jamais ça, chuchote Romane, ou je ne vous dirai rien, je vous jure que je ne dirai rien. L'argent, vous ne le retrouverez jamais !

– Ta gueule, princesse. Ça te fait moins marrer quand c'est moi qui suis du côté de la gâchette que quand c'est la vieille qui me balance des volts dans le dos, hein ! Mais te fais pas de bile : tu parleras que tu le veuilles ou non, crois-moi. Mon boss sait s'y prendre de ce côté-là. Même les durs à cuire ne lui résistent pas.

Il pousse Romane dans le dos jusqu'à toucher la voiture. Il la fouille, trouve le téléphone de Gary, le glisse dans sa poche.

– Allez, grimpe, dit-il en lançant le doudou lapin sur Lou.

Le parking est désert. Romane monte dans le coffre, les yeux rivés sur le visage de Lou. La petite est blême.

– Je lui ai filé un truc pour dormir, dit le colosse. Elle va faire de beaux rêves pendant un moment.

Il attrape les poignets de Romane, les emprisonne dans une paire de menottes. Puis, d'une violente claque sur la tête, il l'oblige à s'étendre sur la moquette.

L'homme a déjà la main sur le hayon et le claque d'un coup sec.

Voilà Romane, la joue en feu, les bras ramenés en arrière, plongée dans le noir complet.

– Lou ! appelle-t-elle. Lou !

Inconsciente, l'enfant ne répond pas.

Cinq minutes après le démarrage de la voiture, Romane renonce à retenir les changements de direction. Elle a essayé de compter les secondes, pour mesurer le temps qui passe, et de reconstituer une carte mentale du trajet. Mais c'est trop dur. Et même en tendant l'oreille, elle n'a reconnu aucun son susceptible de l'aider à se localiser.

Depuis, du temps a passé. Combien ? Un quart d'heure, une demi-heure, une heure peut-être... Comment savoir quand il fait noir et qu'il n'y a plus aucun repère ?

Une douleur lancinante irradie de ses épaules jusque dans ses doigts. Ses poignets la brûlent à cause des menottes trop serrées. Romane inspire à petits coups pour éviter la panique de l'enfermement.

Une seule chose la réconforte : Lou respire. Elle sent son souffle sur son visage, lent, régulier.

30

Ballottée par la course de la voiture, Lou n'a toujours pas repris connaissance. Romane brasse des idées noires.

Pourquoi Lou ne se réveille-t-elle pas ? Le temps lui paraît si long. Qui sait ce qu'ils lui ont fait ? Avec les gliomes qui se sont développés dans son cerveau, l'électricité a pu déclencher une crise d'épilepsie massive. Elle en a déjà eu une, quelques mois auparavant, cela l'avait épuisée. Romane essaie de ne pas penser aux dégâts, aux séquelles. Si au moins elle avait une main libre pour lui caresser le visage ! Mais les menottes qui l'entravent l'empêchent d'agir, et laissent toute la place à l'angoisse pour s'épanouir.

À défaut d'un contact physique, Romane chantonne des comptines. Elle n'a pas retenu les paroles que Lou lui a récitées en rentrant de l'école. Tant pis, elle invente, elle improvise. Elle veut tout tenter pour la faire revenir à elle.

Soudain, le moteur s'arrête.

Romane tend l'oreille, sur le qui-vive. Une porte claque, des voix qui parlent, et puis plus rien.

Après plusieurs minutes, elle pense qu'ils les ont abandonnées là. Mais pour combien de temps ? Elle est certaine d'une chose : ils ont besoin d'elles pour les mener à l'argent, ils ne les laisseront pas mourir. Pour l'instant.

Une odeur familière lui arrive aux narines, mais il lui faut un long moment avant de l'identifier. C'est celle du doudou de Lou. Tout à coup, la simple idée que leurs agresseurs le ramassent pour le jeter à la poubelle lui donne une énergie nouvelle. Elle se tortille, jusqu'à parvenir à l'attraper entre ses dents, puis le lance derrière elle où, à force de contorsions, elle finit par le serrer dans une main.

Aucun bruit ne filtre de l'extérieur. Ni oiseaux, ni moteur, ni sirènes, ni cloche, rien.

Les douleurs prennent de l'ampleur. Romane a l'impression qu'un génie maléfique ne cesse d'enfoncer des aiguilles dans les muscles de ses épaules.

Petit à petit, elle sombre dans un état second, jusqu'à plonger dans un sommeil profond.

Le bip d'ouverture du coffre réveille Romane brutalement. Pendant une seconde, elle ne sait plus où elle est, puis tout lui revient, la souffrance avec. Elle agrippe le doudou comme s'il pouvait lui redonner des forces.

Dehors, il fait nuit. Il y a des arbres, aucune route visible à proximité, ou peut-être de l'autre côté de la haie qu'elle aperçoit.

Le colosse passe un bras sous le sien et, sans une réaction face au gémissement de douleur qu'il lui arrache, la tire hors du coffre. Un autre homme se tient debout à ses côtés.

Trahie par ses jambes engourdies, Romane s'écroule au sol. Le colosse l'attrape comme on le ferait d'un sac, et la jette sur son épaule.

Le deuxième homme prend Lou dans ses bras.

La voiture est garée devant un étrange petit bâtiment, entre le cabanon de jardin et le kiosque à musique. Les deux hommes s'en éloignent en se dirigeant vers une maison des années quarante, plutôt mal entretenue, située au milieu d'un grand jardin.

À l'intérieur, Romane a le temps de voir défiler les carreaux noirs et blancs du couloir qu'ils traversent, avant que leurs ravisseurs ne s'engagent dans des escaliers menant à la cave. Au pied des marches, les deux hommes posent les filles sur le sol de ciment et remontent.

– J'ai besoin d'un peu d'eau pour la petite, s'il vous plaît ! s'écrie Romane.

Pour seule réponse, elle obtient le claquement de la porte, et le bruit d'une clé qui tourne dans la serrure. Ils sont partis.

L'endroit est plongé dans l'obscurité complète. L'atmosphère est humide, et l'odeur de renfermé donne envie de s'en échapper en courant.

À l'aide de ses jambes, Romane rampe jusqu'à Lou. Son genou la lance, mais elle l'ignore. Doucement, elle souffle sur la mèche de cheveux qui cache ses yeux, et l'embrasse sur le front.

– MiniLou ? Réveille-toi, s'il te plaît, réveille-toi !

Malgré ses efforts, Lou reste inconsciente. Il faudrait sortir d'ici, l'emmener voir un médecin. À défaut de pouvoir l'aider, elle fait la seule chose qu'elle est en mesure de réaliser : elle lui tourne le dos et dépose le doudou au creux de son cou.

– Ça va aller, MiniLou, on va trouver une solution, dit-elle à haute voix.

Elle décide alors d'explorer les lieux pour chercher une issue. Ses pieds ne sont pas entravés, mais se relever avec les mains dans le dos n'est pas simple. En tâtonnant, Romane s'assoit sur les escaliers. Engourdies pas le séjour dans le coffre, ses jambes regagnent peu à peu leur force.

Après quelques minutes, Romane décide de longer le mur en commençant par la gauche.

Elle avance sur le sol de ciment, un pas après l'autre, lentement, ignorant tout ce que l'obscurité lui cache. Elle heurte un premier obstacle. C'est un évier, équipé d'un unique robinet. Ici, l'odeur de la cave est encore plus nauséabonde. Elle semble remonter des égouts en passant par la bonde.

Dos tourné au robinet, Romane se contorsionne jusqu'à réussir à poser sa main dessus pour le tourner. L'eau coule. Une étincelle de joie éclaire le désespoir de leur situation le temps d'une seconde.

Du bout de la langue, Romane goûte l'eau puis en boit de longues gorgées. Malgré sa saveur métallique, l'eau lui paraît si fraîche qu'elle pourrait être puisée dans un ruisseau de montagne. Cela fait tellement de bien ! Romane voudrait en apporter à Lou, mais comment faire avec les mains liées dans le dos ? À défaut d'une autre solution, elle garde une gorgée dans sa bouche et revient sur ses pas pour la donner à Lou. Mais la petite est toujours plongée dans le sommeil, et Romane se résigne à repartir en exploration.

Les murs sont humides, couverts par endroits d'une pellicule évoquant les croûtes de certains fromages. Du moisi. Pourtant, Romane n'a pas d'autre choix que de s'y frotter pour garder le contact avec la paroi.

Après l'évier, de profonds casiers destinés à stocker les bouteilles sont scellés au mur sur une longueur d'environ trois mètres. Quand elle s'agenouille pour voir jusqu'où ils descendent, Romane se rend compte qu'ils reposent sur une large plaque de métal les isolant du sol de ciment. Les rayonnages sont vides. Romane pousse un soupir de déception. Une bouteille aurait pu lui servir d'arme contre ses geôliers. Luttant contre l'envie d'abandonner, elle poursuit le tour de la cave.

Peu après, elle tombe sur des tonneaux métalliques dépourvus de couvercle. Eux aussi semblent vides, même si elle ne peut en vérifier le fond au risque de basculer dedans. Le fait d'avoir les mains ligotées dans le dos rend les choses si compliquées !

Encore une pile de parpaings, des bûches entassées sur un mètre de hauteur, un tas de chiffons par terre.

Du bout du pied, Romane touche un objet qui cogne le sol en produisant un son bizarre. Lui tournant le dos, elle s'accroupit puis s'assoit pour parvenir à poser les mains dessus. Au début, elle ne comprend pas ce qu'elle explore à tâtons. Un bâton, un autre plus fin, un autre encore, rangés dans des morceaux de tissu. C'est en se relevant qu'elle comprend soudain de quoi il s'agit. Elle pousse un hurlement avec un mouvement de recul.

Des os ! Des os humains ! Quelqu'un est mort ici, il y a assez longtemps pour qu'il ne reste que son squelette dans ses vêtements.

Un bruit envahit brusquement la cave, rythmé, tout proche, augmentant son malaise. Il faut quelques secondes à Romane pour comprendre que c'est elle qui claque des dents.

La respiration haletante, Romane contracte les muscles de ses mâchoires pour que cessent les tremblements. L'effort de volonté qu'elle déploie pour ne pas recommencer à hurler exige d'elle une énergie folle. Pas question de s'autoriser à craquer, et surtout pas maintenant. Elle doit continuer la fouille. S'il existe une chance infime pour qu'elle et Lou ne partagent pas la même destinée que le pauvre individu mort enfermé ici, elle doit la trouver.

À cet instant, un nouveau bruit résonne dans la cave. Il ne vient pas d'elle, cette fois. C'est un choc sourd, comme si quelqu'un de l'autre côté du mur frappait la paroi à coups de bélier pour communiquer.

31

C'est elles ! Cédric le sait, il le sent. Le cri dont il a entendu l'écho l'a remué jusqu'au tréfonds de son âme. Le boss a trouvé Romane et Lou et les a enfermées tout près de lui. Comme il enrage d'être si proche de ses filles et de ne pouvoir les atteindre !

Cédric tente de crier pour signaler sa présence. Mais lors de sa dernière crise de manque, ses tremblements ont été si violents qu'il a renversé la gamelle d'eau qu'on lui avait laissée par terre, comme on l'aurait fait pour un chien. Il meurt de soif. Sa gorge est desséchée, sa langue gonflée, il n'arrive même plus à parler. Et la faible plainte qui fait frémir ses cordes vocales ne serait pas entendue à plus de deux mètres.

Cédric presse ses poings serrés contre ses yeux, tant il est frustré. Pourtant, les symptômes du manque d'alcool commencent à s'estomper. Il transpire encore beaucoup, et ses doigts continuent à trembler, mais il parvient à se lever. À défaut de pouvoir crier, il a une autre idée. Dans l'obscurité, il recherche à tâtons un objet pour frapper le mur.

Après en avoir fait le tour, il doit se rendre à l'évidence : en dehors de l'armoire métallique, la cave est vide.

La nausée le saisit soudainement. Encore une réaction au manque d'alcool. Il s'arrête, penché en avant, puis se relève en inspirant profondément.

Ses filles sont là, tout près. Il faut qu'il trouve une solution. S'il doit démonter le mur avec ses ongles, il le fera. Il sera là pour elles.

Il s'adosse contre la lourde armoire et entreprend de la pousser. Elle ne bouge pas. Il plie les jambes, compte dans sa tête : un, deux, trois ! Ses muscles se contractent, il puise dans l'énergie qu'il ignore posséder encore. Son visage rougit, les tendons de son cou se tendent. Et lentement, l'armoire glisse dans un crissement sur le sol.

Encore, il recommence. Une fois, puis deux. Vient le moment où il faut écarter l'armoire du mur afin de pouvoir la faire tomber contre l'autre mur, celui qui le sépare de ses filles.

Ses efforts lui font tourner la tête, il est obligé de s'arrêter plusieurs fois, mais il persévère. Quand enfin l'armoire bascule et s'abat sur le mur, un bruit retentissant lui fracasse les tympans. Il se laisse tomber par terre, épuisé.

Le silence revenu, il tend l'oreille. De très loin, il croit discerner une voix qui questionne :

– Y a quelqu'un ?

– Romane ! C'est papa !

Son cri instinctif provoque en lui la douleur d'une poignée de graviers qu'on écraserait dans sa gorge. Il tente de parler à nouveau mais sa voix est réduite à un mince chuchotis.

La porte de la cave s'ouvre, la lumière l'éblouit.

– C'est pas bientôt fini, ce raffut ?

Le colosse s'approche. Instinctivement, Cédric tente de se protéger le visage avec ses bras. En vain, ce geste dérisoire s'avère inutile.

Il voit la matraque s'abattre sur sa tête. Il s'effondre par terre.

32

– Papa ? Papa, t'es là ?

Romane a collé son oreille contre le mur. Il lui a semblé entendre son prénom, et le mot « papa ». La voix étouffée par l'épaisseur du mur sonnait bizarrement, comme celle d'un robot dans un film. Est-ce qu'elle a rêvé ?

– Papa ? C'est toi ?

Concentrée, elle écoute, mais n'entend que le silence et les battements de son propre sang qui tambourinent à son oreille.

Elle attend encore un moment, lance plusieurs appels, puis renonce, résignée à croire qu'elle a été victime d'une hallucination. Qu'est-ce que son père ferait là ? Le colosse comptait sur lui pour signaler leur retour à la maison. Il n'avait pas de raison de l'enlever pour l'emmener ici !

– C'est pas grave, dit-elle à voix haute, je vais bien finir par trouver quelque chose en fouillant.

Cela la rassure d'entendre quelqu'un parler, même si c'est sa propre voix. Elle avance dos au mur, les mains glissant sur le béton, puis s'arrête. À quoi bon ? Avec ses mains entravées, elle risque de passer à côté d'une échappatoire. Il faut qu'elle retrouve un peu de liberté de mouvement.

Romane se souvient de ces après-midis passées à regarder le cirque à la télé pendant les vacances de Noël. Sa mère s'extasiait devant les acrobates, et frissonnait à la fois de dégoût et d'admiration devant les contorsionnistes qui attrapaient des bols sur leurs têtes avec leurs pieds ou qui glissaient tout leur corps au travers d'une raquette de tennis. Voilà ce que doit faire Romane, se contorsionner. Elle devrait réussir à faire passer ses mains devant !

Aussitôt décidé, aussitôt fait. Elle se couche par terre, se roule en boule et tente la manœuvre. Elle n'est pas loin, à quelques centimètres, mais ça ne passe pas. Elle réessaie, plusieurs fois, sans y parvenir. Elle bascule alors à quatre pattes et, le front posé par terre, essaie une fois encore de faire passer ses bras devant elle. Elle écarte ses liens, brutalement, de toute la puissance de ses muscles, et, avec un hurlement, passe en force.

À la seconde où elle réalise qu'elle a réussi, une douleur terrible lui saisit les poignets. Les menottes ont entaillé sa peau un peu plus profondément, du sang coule.

Romane n'en a cure. Après le succès, c'est le soulagement qui prédomine. Enfin, elle peut se lever et tendre les bras en avant. Ses épaules ankylosées dardent ses nerfs de mille douleurs. Mais peu à peu, ça passe.

Romane regagne le mur, évite soigneusement le corps du malheureux et poursuit son exploration. Elle revient bientôt à l'escalier sans rien avoir trouvé d'autre.

Que faire ? Rester à l'affût et assommer le colosse avec une bûche à son retour ? Aucune chance, l'escalier est aussi étroit que la porte, elle serait obligée de se tenir en retrait et il la repérerait au premier coup d'œil.

Grimper sur les tonneaux pour explorer le haut de la pièce ? Mais comment garder l'équilibre dessus alors qu'il n'y a pas de couvercle ?

Sa réflexion est interrompue par le bruit de la clé dans la serrure. La porte de la cave s'ouvre. La lumière du rez-de-chaussée éclaire l'escalier et les pieds des deux silhouettes qui descendent les marches. Elle reconnaît la paire de chaussures de sécurité, massives, renforcées à leur extrémité. Celles du colosse. Mais il y a aussi deux escarpins vernis aux talons étonnamment hauts.

Dès qu'elle peut le voir derrière le colosse, Romane scrute le visage de l'inconnue. Elle comprend immédiatement de qui il s'agit. Le boss des casseurs est une femme.

Des traits doux, un sourire chaleureux, une coiffure tout en tresses et torsades, l'allure de la femme apaise un peu ses angoisses.

– Bonjour, Romane, dit-elle d'une voix avenante. C'est bien Romane, ton prénom ?

– Oui.

– Je ne te veux pas de mal, je ne souhaite qu'une chose : que tu partages une information avec moi. J'imagine que tu sais de quoi je veux parler ?

– Oui. L'homme de la forêt a dit qu'il avait caché l'argent dans sa cabane d'enfance. C'est là qu'il faut aller.

La femme secoue lentement la tête en faisant un bruit de bouche très discret.

– Allons, Romane, nous avons trouvé des billets sur toi. Nous avons relevé leurs numéros. Et devine d'où ils viennent ? De notre petit trésor personnel. Alors s'il te plaît, soit un peu plus précise que ça.

Romane sent son cœur battre à tout rompre. Si elle dit la vérité, c'est au risque d'être tuée juste après. Si elle prend le risque de ne pas parler toute de suite, elle s'expose également à des représailles. Sa décision est rapidement prise.

– Vous libérez ma sœur, vous m'apportez une preuve qu'elle est saine et sauve, et je vous dis tout. Je vous le jure.

– Ooooh, soupire la femme, je suis tellement déçue. C'est toujours comme ça quand on se fait une idée des gens avant de les connaître. On les croit brillants, intelligents, lumineux et puis…

Elle désigne Romane d'un geste de la main accompagné d'une moue de dégoût, puis regarde le colosse.

– Cadum, mon ange, pourquoi la prisonnière a-t-elle les mains attachées devant elle ?

– J'sais pas, boss, je les avais attachées dans son dos.

– Je vois... Moi aussi j'étais souple dans ma jeunesse. Je me débrouillais plutôt bien à la poutre et aux barres parallèles. Mais avec l'âge, on s'endurcit. C'est la vie... Cadum, mon ange, saurais-tu réveiller cette petite, en douceur ? Elle est si mignonne avec son doudou, il ne s'agirait pas de la brusquer.

– Oui, boss.

Le colosse s'agenouille aux côtés de Lou et pose un sac à terre. Il en sort de l'eau, un gant de toilette, des compresses et une seringue pleine.

Après avoir passé le linge humide sur le visage de l'enfant, il jette un regard à la femme qui hoche la tête en signe d'approbation.

– Qu'est-ce que vous allez lui faire ? s'écrie Romane. Je vous interdis de...

Elle a à peine le temps d'esquisser un geste qu'une décharge d'électricité lui traverse le corps. Romane tombe au sol, elle suffoque.

La femme agite la petite télécommande au-dessus d'elle.

– Sois gentille, s'il te plaît, ma chérie. J'ai besoin de toute ton attention. Et ne m'interromps pas. Je déteste être interrompue.

33

Pendant qu'elle parle, Romane voit avec terreur le colosse planter l'aiguille dans le bras de Lou et lui injecter le contenu de la seringue. Toutes les hypothèses lui passent par la tête. S'agit-il d'un poison ? D'un médicament pour la sortir de son coma ? D'un produit qui pourrait la faire parler ?

Pendant ce temps, la geôlière poursuit, sans un regard vers la petite.

– Je veux que tu saches à quoi t'attendre, Romane. Voilà comment ça va se passer. D'abord, Cadum va couper le petit orteil de ta sœur. Mais ça ne servirait à rien si elle ne sentait pas la douleur, n'est-ce pas ? Il est donc nécessaire qu'elle soit bien réveillée. C'est à ça que sert la piqûre, à la préparer à souffrir comme elle n'a jamais souffert, tu comprends ?

Romane regarde la femme avec stupeur, mais n'obtient qu'un sourire rassurant.

– Bon, ça va lui faire mal, c'est vrai. Mais pas autant que le reste si je dois continuer. Cette première étape ne sert qu'à balayer un doute, pour que tu sois bien certaine que j'irai jusqu'au bout. Parce que, après ça, j'ai tout un programme. Déjà, je demanderai à Cadum de...

– Pas la peine d'en dire plus, l'interrompt Romane, je vais tout vous dire. Tout.

À nouveau, la secousse électrique la tétanise. La femme attend que Romane reprenne son souffle pour continuer d'une voix douce.

– Dois-je te rappeler que je ne veux pas être interrompue ? J'ai beaucoup d'expérience, tu sais. Tu serais stupéfaite de voir ce que mon imagination est capable de créer comme sévices pour torturer mes invités ! C'est étonnant comme tout le monde a envie de me parler après ça. Finalement, je suis un peu comme une psychologue, sauf qu'au lieu d'inspirer la confiance, j'inspire la terreur. Comment va la petite, Cadum ?

– Bien, boss, elle émerge.

Romane regarde sa petite sœur. Le colosse a raison, elle commence à s'agiter. Dès qu'elle ouvre les yeux, l'homme place sa main en bâillon devant sa bouche.

– Qu'est-ce qu'elle est mignonne ! s'exclame la femme.

Elle sort un couteau de sa poche, en déplie la lame et la fait glisser comme une caresse sur la joue de Lou.

Romane esquisse un geste pour l'arrêter, aussitôt interrompu par la femme qui lève la télécommande en l'air.

Lou ouvre des yeux écarquillés. La terreur se lit sur son visage. Elle ne doit pas avoir très mal, la lame est si aiguisée qu'elle ne crée qu'une petite sensation de brûlure. Mais la femme faussement douce et gentille ressemble à un cauchemar. Alors que quelques gouttes de sang coulent de l'estafilade, Lou commence à sangloter.

– Ça va passer, mon petit bouchon, lui dit la femme d'un ton réconfortant, c'est juste une égratignure. Et arrête de pleurnicher. Je n'aime pas le bruit, j'ai besoin de calme pour me concentrer. Alors... où en étais-je ? Ah oui... ton interrogatoire, jeune Romane. Sache que je ne te poserai cette question qu'une seule fois et que je meurs d'envie de voir Cadum jouer avec mon couteau. Où Denis a-t-il caché l'argent ?

Romane parle, elle donne tous les détails. Le nom du château abandonné, celui de la commune, la cachette de la niche. La seule chose qu'elle tait, c'est le sac qu'elle a emporté. Elle ne veut pas mêler Gary à cette histoire. Elle pourra toujours dire qu'elle n'a pris que quelques billets, et que s'il manque un sac entier, c'est probablement leur ancien compagnon qui l'a emporté, qu'elle a volé le billet dans sa poche quand il gisait dans la forêt.

Une fois les informations transmises, Cadum se relève et interroge sa boss du regard.

– Va voir.

Le colosse soulève sa veste pour désigner son arme. La femme lui montre la télécommande des menottes électriques.

– Ne t'inquiète pas, mon ange, j'ai ce qu'il faut pour garder la situation en main. Ne perds pas de temps.

L'homme remonte l'escalier et sort de la cave. La tortionnaire le suit en grimpant les marches à reculons, sans perdre Romane des yeux.

– Vous ne devriez pas le laisser y aller tout seul, dit Romane, il pourrait partir avec l'argent.

La femme éclate d'un petit rire presque attendri.

– Cadum ? Il est costaud, mais il est un peu comme mon bébé, il revient toujours vers sa maman. Et puis, mes hommes savent ce qu'il en coûte de me trahir, plus aucun ne voudrait s'y risquer. Pas vrai, Manu ?

Elle appuie sa question d'un signe de menton dans la direction du corps dont il ne reste qu'un squelette au fond de la cave.

– Et maintenant ? demande Romane.

– Nous allons patienter sagement, vous ici, moi là-haut, jusqu'au retour de mon petit ange.

– Et après ?

La femme penche la tête, avec une mine apitoyée.

– Ma pauvre petite chérie, que veux-tu que je fasse de vous ? Je ne peux pas vous libérer, tu t'en doutes bien ! Et même si vous êtes mignonnes à croquer toutes les deux, je n'ai pas vraiment l'intention de vous adopter. Alors, quelle alternative il me reste, tu peux me le dire ?

Romane ne dit rien. Elle a déjà compris que la femme veut les tuer.

– Ne t'inquiète pas, ma petite puce, reprend leur geôlière, je ne suis pas un monstre. On fera ça vite et proprement. Et on commencera par toi, pour t'éviter de voir mourir ta sœur. Je détesterais être à l'origine d'un traumatisme psychologique dans cette période si sensible qu'est l'adolescence.

34

Une fois la porte fermée et l'obscurité revenue, Romane s'agenouille à côté de Lou. La petite est recroquevillée sur le sol, les épaules agitées par le soubresaut de ses sanglots, le visage couvert de larmes et d'un peu de sang.

– Ça va aller, MiniLou. On est ensemble, c'est le plus important.

– On est où ? demande Lou d'une toute petite voix.

– Dans une cave.

– J'ai mal aux bras.

– C'est les menottes, ça les tire en arrière.

Lou se relève avec difficulté. Malgré l'aide de Romane, elle peine à tenir debout les premiers instants.

– Ils vont nous faire du mal ? demande-t-elle.

– On ne va pas penser à ça, répond Romane sur un ton qu'elle voudrait rassurant. Tiens, prends ton doudou. Et puis on va chercher un moyen de sortir de là, d'accord ?

– Pas la peine de se casser le cul, dit Lou, y a même pas un foutu trou de souris pour se carapater d'ici.

Romane se fige. Elle a reconnu la voix de sa petite sœur, et pourtant ce n'est pas elle qui parle. Jamais Lou n'aurait parlé avec une telle vulgarité. D'ailleurs, elle ne connaît sûrement pas des expressions comme « se casser le cul » ou des mots comme « carapater » !

– MiniLou, qu'est-ce qui se passe ? Pourquoi tu dis ça ?

– J'ai répété ce qu'elle a dit.

– Qui ça, « elle » ?

– Manu. Elle est avec nous dans la cave. Elle dit qu'elle avait déjà essayé de s'enfuir quand la boss l'avait enfermée là, mais qu'elle a fini par crever de faim.

– Tu l'entends, là, maintenant ? Elle nous écoute ?

– Oui.

– Ah ouais ? Elle nous écoute ?

Romane serre les poings. Elle ne parvient plus à retenir les émotions qui se bousculent en elle. La tension est trop forte et, dans un moment de quasi-folie, elle se met à crier.

– T'as ton squelette qui pourrit au fond d'une cave et tu nous écoutes ? Eh ben, reste pas là, bordel ! T'attends quoi pour aller chercher des collègues à toi pour venir nous aider ?

Elle crache les mots, elle voudrait qu'ils soient acides, qu'ils dissolvent les murs, le colosse, la femme aux talons hauts.

– J'y crois pas, moi, à toutes ces conneries de fantômes. Mais puisqu'il paraît que t'es là, bouge-toi ! Ramène-nous des spectres, des esprits frappeurs, des morts-vivants, n'importe qui pourvu qu'il se passe quelque chose !

L'écho de son dernier mot s'efface, laissant le silence envahir la cave humide.

Lou s'est à nouveau recroquevillée sur le sol et pleure encore plus fort.

– Maman ! murmure-t-elle entre ses sanglots. Maman, t'es où ?

Romane tombe à genoux à côté d'elle.

– N'aie pas peur, MiniLou, je sais pas ce qui m'a pris. C'est comme si ma colère avait pris les commandes, mais ça n'arrivera plus. J'aurais pas dû t'entraîner là-dedans. Je suis la pire sœur du monde. J'ai pas fait les bons choix, tu comprends ? Je me suis plantée. À cause de moi, on va... !

À son tour, elle laisse les larmes jaillir. Les deux sœurs pleurent ensemble, et cela leur fait du bien. À mesure qu'elles laissent les peines, la peur, l'angoisse couler hors d'elles, elles retrouvent un peu de courage.

Après plusieurs minutes, Lou ne pleure plus. Ses mains sont toujours attachées dans son dos, alors elle s'accroupit, pose sa joue contre celle de sa grande sœur, et chuchote à son oreille.

– T'es ma meilleure sœur du monde, à cause que tu connais des histoires trop estrouffantes. Et aussi que je peux m'installer sur le guidon de ton vélo. Et que t'es gentille, même quand je prends ton rapporteur. Et aussi que tu fais bien les spaghettis à la saucisse.

Romane commence à rire entre ses larmes. Elle s'assoit sur ses talons, lève les bras pour les faire glisser autour de Lou et l'embrasse. La petite s'assoit sur ses genoux et se love tout contre elle. Romane l'aide à se contorsionner jusqu'à faire passer ses bras devant elle.

Toutes deux restent là, l'une contre l'autre, un long moment, comme une parenthèse à l'abri de leur amour.

– Comment elle était, maman ? demande Lou.

Romane la serre un peu plus.

– Elle était... Un peu comme une lumière ! Elle souriait tout le temps, elle faisait des blagues. Une fois, on était allées camper dans la forêt, elle m'avait fait croire que les écureuils pondaient des œufs, et qu'ils les déguisaient en pommes de pin pour que personne ne vienne les voler ! Qu'est-ce qu'on a pu rigoler avec ça ! Elle était belle aussi. Elle sentait un peu comme les champs, mais en meilleur. Le soir, elle venait dans ta chambre pour te faire un câlin. Tous les soirs. Et aussi, elle te racontait une histoire, et moi je venais l'écouter. Et ses gâteaux au chocolat, tu t'en souviens ? Y avait toujours un truc qu'allait pas. Le fond qu'avait brûlé, elle avait oublié le sucre, ou alors l'intérieur avait cuit avec des grumeaux de farine. On finissait toujours pas aller acheter des brownies à la boulangerie ! Maman, elle...

Romane parle, raconte des moments de vie, et ses histoires ravivent peu à peu les souvenirs perdus de Lou. C'est comme si leur mère était là, comme si les mots lui servaient de bras pour entourer ses filles et les protéger du danger.

Puis, les deux sœurs se couchent par terre, près du casier à bouteilles, et s'endorment.

C'est le bruit d'une voiture qui se gare dans le jardin qui les réveille.

Romane se redresse, suffocante, les poumons écrasés par le retour violent de la peur. Le colosse doit être rentré. La femme ne va pas tarder à revenir. Elle va lui poser des questions sur le sac manquant. Il faut qu'elle prépare une réponse, la plus naturelle possible. Il faut qu'elle pense à...

– Y a un monsieur qui dit qu'y a une sortie !

La voix de Lou arrache Romane à ses pensées paniquées.

– Quel monsieur ? Quelle sortie ?

– C'est maman qu'est allée le chercher, cause que Manu est allée dire à maman qu'on avait besoin d'aide.

Incrédule, Romane écarquille les yeux pour tenter de percer l'obscurité. Elle sait pourtant qu'il n'y a personne ici. Mais elle aimerait tellement que sa sœur ait raison. Elle aimerait tellement que leur mère soit venue les sortir de là.

– Le monsieur, il dit que la plaque sous les bouteilles elle s'enlève au milieu. Il dit que c'est lui qu'a construit la maison et qu'il a ajouté un passage secret pendant la guerre, à cause qu'il y avait des gens qu'étaient cachés chez lui et qu'il y avait des méchants qui les cherchait. Il dit qu'il a fait du bon boulot, que tout a bien tenu. Il a dit qu'il faut sortir vite.

Un immense espoir saisit Romane. Et si c'était vrai ? Elle tente de l'enfouir en elle, en un endroit inaccessible. À quoi bon espérer... Lou se réconforte avec des histoires de fantômes, mais Romane est grande, ça fait longtemps qu'elle ne croit plus au père Noël !

Lou est déjà debout, près du casier.

– Allez, viens m'aider !

Romane la rejoint. Elle s'agenouille sur le côté et, du bout des doigts, suit la tranche du socle de métal posé sur le sol. Et soudain, à quelques centimètres du bord, elle la sent. Une fente, à peine discernable, probablement invisible à l'œil nu. Elle continue et en trouve une deuxième, cinquante centimètres plus loin. Il y a bien une plaque découpée entre les pieds du support des casiers à bouteilles.

Sous l'effet de la stupeur, elle s'arrête.

– Tu parles vraiment à des fantômes ? demande-t-elle à Lou.

– Ils aiment pas qu'on dise ce mot.

– T'as parlé à maman ?

– Non, elle est pas là. Elle peut pas venir nous voir.

À l'étage, des voix étouffées se font entendre. Le colosse et la femme ne vont pas tarder à descendre.

35

Animée par l'espoir fou de trouver un moyen de se cacher, Romane tente de glisser ses doigts sous la plaque. Le poids est énorme, impossible de la soulever, rien ne bouge. Elle pose alors ses deux mains sur la plaque et, appuyant pour faire adhérence, les fait doucement reculer.

Victoire ! La plaque coulisse sans un bruit, presque facilement. Avec la pulpe de ses doigts, Romane sent les minuscules petites billes d'acier du roulement qui permet à la trappe d'être actionnée sans heurts ni bruit.

Elle plonge sa main dans l'espace vide ainsi découvert. Il y a à peine la place de se glisser sous la première rangée de casiers pour s'enfoncer dans ce trou tout aussi obscur que la cave.

Romane discerne mieux les voix à l'étage. On dirait que les personnes qui parlent se sont arrêtées devant la porte de la cave.

Pas de temps à perdre.

– Viens, MiniLou, on va jouer aux exploratrices ! Tu me tiens bien les mains et tu te laisses descendre dans le trou. Quand tes pieds touchent le fond, tu me le dis.

Lou glisse son doudou dans sa poche puis se couche par terre. L'exécution de la manœuvre s'avère complexe, mais elle finit par s'engager, les pieds en premier, dans la trémie.

– Y a des marches, c'est un escalier ! s'exclame-t-elle. Lâche-moi !

Lou disparaît hors de portée de Romane. Au même moment, le bruit de la clé dans la serrure de la porte se fait entendre.

À son tour, Romane se glisse dans le trou. Très vite, elle sent une marche au bout de son pied et, stabilisée, fait coulisser la trappe amovible pour la refermer.

La porte de la cave s'ouvre. Romane a à peine le temps d'apercevoir un rayon de lumière que déjà elle se trouve plongée dans l'obscurité : la trappe est hermétiquement close.

Elle n'ose pas appeler Lou de peur d'être entendue, et descend les marches à tâtons jusqu'à atteindre une sorte de couloir très étroit. L'endroit est imprégné d'une odeur entre la terre mouillée et la brise de forêt. La fraîcheur provoque un tel contraste avec l'atmosphère confinée de la cave que Romane la respire à pleins poumons, plusieurs fois, comme pour nettoyer son corps de toute la peur accumulée.

– Faut qu'on avance, chuchote Lou, c'est tout droit. Mes amis, ils disent que la sortie, c'est dans le tiosque à musique.

– Le kiosque, corrige Romane dans un murmure. Ils sont là, tes amis ?

– Celui qu'a construit le passage secret, il est devant, et celle de la cave, elle est derrière toi.

Romane ne peut s'empêcher de se retourner. Elle s'attend presque à voir le halo blanchâtre d'un spectre, mais elle ne voit rien, bien sûr. Juste le noir, la profonde obscurité.

– Si vous m'entendez, dit-elle à voix basse, qui que vous soyez, je veux vous dire merci. Merci.

Peu après, les deux sœurs atteignent un autre escalier qui leur permet de remonter. En haut de la volée de marches, une trappe s'ouvre avec le même mécanisme à billes que celle de la cave. Romane sort prudemment la tête. Elle se rend compte qu'elle a débouché au pied du kiosque à musique, derrière un massif de graminées. Elle lance un regard dans la nuit. La lune dissipe suffisamment l'obscurité pour permettre de voir ce qui se passe dans le jardin.

Deux silhouettes sombres avancent dans l'obscurité vers la maison, une arme en bandoulière.

Romane se baisse, ne laissant dépasser que ses yeux. De son index posé sur ses lèvres, elle intime à Lou l'ordre de se taire. Mais voyant Lou commencer à trembler, elle lui murmure à l'oreille.

– Y a des policiers, dehors.

Malgré la pénombre, elle a repéré leurs casques à visière, le haut de leurs corps déformé par un épais gilet pare-balles garni de poches. Avec l'arme imposante comme indice supplémentaire, Romane n'a plus vraiment de doute : il s'agit des hommes d'une unité spéciale. La police a retrouvé les casseurs et vient les arrêter.

Après un deuxième coup d'œil – personne alentour –, Romane sort à quatre pattes, suivie par Lou. Elles avancent aussi vite que leurs mains menottées le leur permettent, se glissent sous la haie et sortent sur une petite route.

Plusieurs camionnettes noires stationnent un peu plus loin.

Les deux sœurs se relèvent et, courbées pour ne pas être repérées, courent dans la direction opposée.

– Halte !

L'ordre que leur adresse un des policiers est aussitôt suivi par un appel de semonce du côté de la maison.

– Police, ouvrez !

On entend le bruit d'une porte qui se brise sous les coups d'un bélier, les cris des casseurs surpris, le hurlement strident du boss :

– Ôtez vos sales pattes de là !

Romane et Lou se sont arrêtées et regardent la silhouette sombre d'un homme s'avancer vers elles. C'est un gendarme.

La grande sœur oscille entre l'immense soulagement d'être sauvées, et l'envie de verser les larmes de rage qui lui piquent les yeux. Tout ça pour rien. Tant de peurs, de risques, d'efforts, pour rien. La police va leur reprendre l'argent. L'assistante sociale va placer Lou en foyer.

Un autre homme court derrière le policier. Ses bras s'agitent en l'air dans tous les sens tandis qu'il hurle :

– Bon sang de bois, vous êtes vivantes ! Que tous les dieux du monde soient remerciés !

Romane sourit, elle a reconnu Gary.

– Arrêtez-vous, monsieur, ordonne le gendarme. Les suspects vont être appréhendés.

– Va te faire voir chez les Grecs, Ducon ! Tu vois pas que c'est juste deux gamines qu'ont eu la pétoche de leur vie ?

Gary se jette à genoux devant Lou, la serre dans un bras, attrape Romane avec l'autre.

– J'ai eu tellement peur ! Bon sang de bois, un peu plus et j'avais le palpitant en carafe !

Lou ne sait pas qu'un palpitant en carafe veut dire une crise cardiaque, mais elle perçoit tout contre elle les battements de cœur du bonhomme. Pour la première fois depuis longtemps, elle se sent pleinement heureuse.

36

La nuit scintille, animée par le ballet stéréoscopique des gyrophares. De nombreux véhicules de police et de gendarmerie sont garés devant le jardin. Un ruban de signalisation rouge et jaune tient les curieux à l'écart. Peu à peu, des journalistes arrivent, micro en main, caméra à l'épaule.

Depuis la vitre de la voiture où elle et Lou sont assises, Romane regarde cette agitation organisée avec étonnement. Chacun va et vient comme s'il savait ce qu'il avait à faire. Tous s'écartent pour laisser passer une ambulance du SAMU. L'ambulance se gare à côté de la berline dans le coffre duquel les casseurs l'avaient enfermée avec sa sœur.

Romane serre la main de Lou qu'elle ne lâche plus depuis leur sortie de la cave. L'ambulance est là pour elles. Un des gendarmes a déjà désinfecté et couvert d'un pansement l'estafilade sur la joue de Lou. Il leur a dit qu'elles iraient à l'hôpital, pour voir un médecin, s'assurer que tout va bien.

Elle connaît la suite de l'histoire : après l'hôpital, quelqu'un des services sociaux viendra les prendre en charge. Romane et Lou seront séparées. Mais qu'importe ! Il suffit de ne rien dire pour l'argent. Avec le sac laissé chez Gary, Romane a de quoi emmener Lou se faire soigner aux États-Unis. Organiser une nouvelle fugue ne lui fait pas peur.

Mais à sa grande surprise, les soignants du SAMU vêtus de blanc qui en sortent, poussant un brancard encombré de gros sacs, se dirigent droit vers la maison. Il y a dû y avoir un blessé dans la fusillade.

Peu après défilent «le boss», le colosse et leurs trois complices. Encadrés par deux policiers chacun, ils marchent dans un silence accablé. Seul «le boss» garde sa superbe. Menton redressé, regard hautain, elle marche comme si un tapis rouge était déroulé sous ses pieds. Mais à l'instar de ses compagnons, elle doit se courber pour entrer dans une des voitures, la main d'une policière sur sa tête pour éviter qu'elle ne se blesse.

Ils sont suivis par un autre défilé, de gendarmes cette fois, portant les sacs noirs pleins de billets.

Une seconde de panique fait trembler Romane quand un doute l'effleure. Gary n'aurait quand même pas remis l'argent aux autorités? Non, il n'a pas pu faire ça. Elle se tourne vers lui, la question muette dans les yeux. Gary n'a pas eu l'autorisation de s'asseoir avec les deux sœurs. Il est debout, à côté de la voiture. Il lui sourit. Est-ce qu'il l'a comprise? Est-ce que cela signifie qu'il a bien gardé le sac? Impossible de lui poser la question alors que tant de policiers les entourent.

Les sirènes retentissent tandis que les véhicules emportent les suspects, tous phares allumés.

Un homme en uniforme ouvre la portière et s'adresse à Gary et aux deux sœurs.

– C'est bon, les services sociaux sont prévenus, l'ambulance ne va pas tarder, on a fait passer celle du blessé en priorité, à cause de son état.

Romane hoche la tête. Elle avait raison, il y a eu un blessé. Côté voleurs ou côté gendarmes? Quand elle veut poser la question, il est trop tard, l'homme est déjà reparti.

La porte de la maison vient de s'ouvrir, et l'équipe du SAMU ressort, un patient sanglé sur le brancard sous une couverture de survie scintillante.

Sans prévenir, Lou, qui jusque-là observait les choses sans un mouvement et sans un mot, lâche la main de Romane, ouvre la portière et court vers le brancard. Romane, prise de court, se lance à sa poursuite.

– Lou, qu'est-ce que tu fais ?

– C'est papa ! hurle la petite.

Romane accélère encore, effrayée à l'idée que Lou ait perdu la tête. Comment peut-elle croire que leur père est là, ça n'a aucun sens !

– C'est maman qui m'a dit, ajoute Lou. Il a besoin de nous.

Lou atteint le brancard, Romane sur ses talons, Gary essoufflé derrière.

Romane est troublée. Son esprit chamboulé bâtit des hypothèses à toute allure. Se pourrait-il que le bruit et l'appel que Romane avait entendus dans la cave n'aient pas été des hallucinations ? Elle avait bien cru reconnaître la voix de leur père, c'est pourtant impossible ! Qu'est-ce qu'il ferait ici ?

Quand à son tour elle se trouve assez proche du brancard pour discerner les traits du blessé, le doute s'envole.

– Papa ?

C'est bien leur père, presque méconnaissable. Les soignants tentent de s'interposer pour empêcher les sœurs d'approcher davantage, mais Gary leur explique la situation.

Romane prend Lou dans ses bras au plus près de leur père, et lance un coup d'œil au médecin urgentiste.

– Est-ce que... ? Est-ce que... ?

Parler est au-delà de ses forces. Impossible de mettre en mots la peur qui la glace de l'intérieur. Elle ne veut pas que leur père meure. Elle ne pourrait tout simplement pas le supporter.

– On ne peut pas dire, dit le médecin, il faut faire des examens complémentaires. Il est très affaibli. Il boit ? Ou il se drogue ?

– De l'alcool, répond Romane.

– C'est ce que je pensais. Son enfermement a créé un syndrome de manque. Il s'est désintoxiqué de force, mais il reste encore des tremblements, et il est très déshydraté. Le plus inquiétant, c'est ce coup qu'il a reçu à la tête. Il faut qu'on l'emmène rapidement pour regarder tout ça.

– D'abord, le bisou magique ! dit Lou en se penchant vers son père.

Romane a les larmes aux yeux. Le bisou magique, c'est le bisou avec lequel leur mère soignait les petits bobos. Lou ne l'a pas oublié, et ce simple constat donne à Romane envie de pleurer.

Lou embrasse le front de son père et, en se relevant, dépose son doudou lapin sur son ventre. Un infirmier lui sourit, et glisse l'oreille sous une sangle pour éviter qu'il ne tombe.

Tandis que le brancardier positionne le brancard pour l'installer dans l'ambulance, Romane niche sa main dans celle de son père.

– Tiens le coup, papa. On a besoin de toi.

Une légère pression sur ses doigts lui répond. Son père l'a entendue, il va se battre, il va vivre. Romane en est sûre, elle le sent, comme si quelqu'un le murmurait à son âme.

37

Trois jours ont passé. Les bonnes nouvelles s'enchaînent.

Les casseurs sont sous les verrous, la femme morte dans la cave est enterrée dans un cimetière, l'argent a été rendu à la banque.

Lou et Romane ne garderont pas de séquelles de leur emprisonnement.

Leur père s'est réveillé. Il n'a pu voir Lou et Romane qu'une petite minute, mais cela leur a suffi à découvrir combien il avait changé. Après la peur terrible qu'il a eue de perdre ses filles, leur père a surmonté la douleur de la disparition de sa femme. Il a accepté d'être orienté dans un établissement spécialisé pour achever sa cure de désintoxication. L'assistante sociale a considéré qu'il serait bientôt en mesure de s'occuper de ses filles, et que c'était donc à lui de choisir la meilleure option en attendant ce moment.

Cédric a confié ses filles à Gary.

Si Romane avait su tout ça avant le matin de l'assassinat dans les bois, elle aurait explosé de joie. Plus de famille d'accueil pour Lou, plus de foyer pour elle, un père qui ne boit plus, la vie qui reprend... Pourtant, il n'en est rien, loin de là !

Elle garde en elle un volcan de rage qui déborde au moindre prétexte. Elle essaie de se contrôler, de sourire. Mais sa colère est plus forte que sa volonté.

Dans la petite maison près du cimetière, Lou regarde Ours et Tortue à la télé qui s'affrontent dans un concours de châteaux de sable sur la plage. Romane, assise sur le canapé, bat la mesure nerveusement avec son pied.

– Arrête ! lui demande Gary. Dis-le, crie-le si tu veux, mais il faut que ça sorte !

Romane hausse les épaules, le visage renfrogné.

– Dis-le ! Dis-le que tu m'en veux ! Il faut qu'on s'explique.

Romane secoue la tête. Comment pourrait-elle lui en vouloir ? Pour une fois que quelqu'un s'est vraiment préoccupé d'elle et de Lou !

Gary a fait ce qu'il pensait être le meilleur pour elles. À la minute où il a vu l'argent, il a compris d'où il venait. Il s'est souvenu de l'insistance de Romane pour savoir ce que signifiait le mot « brique » après la diffusion à la télé du reportage sur les casseurs, et cela lui a mis la puce à l'oreille.

Alors, quand il a appris par des collègues qu'un géant avait emmené Lou puis Romane jusqu'au parking, il a eu peur pour elles. Sa décision a été immédiate : prévenir la police.

L'officier qui l'interrogeait a porté son attention sur le téléphone qu'il avait prêté à Romane. Bien que le modèle soit ancien, la géolocalisation fonctionnait encore.

Après cela, tout est allé très vite.

– Quand on garde un truc sur le cœur, dit Gary, ça finit par l'empoisonner. Crache le morceau, Romane !

Trois fois ! Trois fois Gary lui demande de dire ce qu'elle cache. Elle s'autorise enfin à exploser :

– Pourquoi t'as pas gardé l'argent de la valise ? J'y ai cru, moi ! J'ai cru que Lou pourrait être soignée !

– Il fallait que j'apporte tout ça à la police, pour qu'ils m'écoutent tout de suite, et qu'ils aillent vous sauver sans attendre. Je savais même pas si vous étiez encore vivantes, tu te rends compte ?

– Ils t'auraient cru sans les billets, t'avais pas besoin de les rendre. Comment je vais retrouver deux cent mille euros, maintenant ?

– Les billets, c'est traçable. Y a des numéros. Même si tu avais voulu, t'aurais pas pu t'en servir !

– Si, avec la cagnotte en ligne.

Romane se lève, allume l'ordinateur et tente d'ouvrir le site de financement participatif, mais l'appareil mouline et refuse d'afficher la page.

– Y a un gars qui m'a parlé d'une série où le héros fait ça, explique-t-elle. Un professeur de chimie qui fabrique de la drogue, et pour blanchir son argent, il a créé une cagnotte sur Internet pour récolter de quoi soigner son cancer. L'avocat alimente la cagnotte avec l'argent de la drogue, et ça fonctionne ! La cagnotte, je l'ai ouverte, et j'avais plus qu'à verser l'argent dessus. Sauf que toi...

– Sauf qu'on n'est pas dans un film.

La page Internet apparaît sur l'écran. En haut à droite, juste à côté du nom #SauverLou et du montant de deux cent mille euros nécessaire à l'opération, figure la somme déjà récoltée. Cent cinquante-six mille quatre cents euros. Sous l'effet de la surprise, Romane tombe assise, bouche bée, dans le fauteuil situé derrière elle.

– Qu'est-ce qu'il y a ? s'inquiète Gary.

– La cagnotte... ça a marché ! Comment c'est possible ?

En quelques clics, elle découvre ce qu'il s'est passé sur les réseaux sociaux.

– C'est la prof de l'autre jour, celle qui voulait l'autorisation pour la photo de Lou. Elle a créé le buzz autour de la page. Il y a eu l'article dans le journal, aussi. Il a été repris par d'autres, et le gars avait ajouté le lien à la fin. Cent cinquante-six mille quatre cents euros, c'est fou !

Le générique du dessin animé commence, et Lou éteint la télé.

– C'est quoi qu'est fou ? demande-t-elle.

– La vie, lui répond Gary, c'est fou les surprises qu'elle nous réserve !

– C'est quoi les surprises ?

Romane prend Lou sur ses genoux.

– On essaie de trouver de l'argent pour ton opération, MiniLou. On en a une partie, mais il en manque encore un peu.

Lou se tortille pour descendre des genoux de sa sœur et grimpe sur une chaise pour regarder l'écran de l'ordinateur.

– Y a juste un deux et beaucoup de zéros, c'est forcé que ça suffit pas, s'exclame-t-elle.

Un deux et des zéros ? Romane fronce les sourcils. Lou sait déchiffrer tous les nombres, de zéro à neuf. Que peut-elle bien être en train de regarder ? Elle se relève, fixe la somme de la cagnotte et tourne l'écran afin que Gary puisse lire à son tour la somme affichée en haut à droite. Deux cent mille euros.

Sa première idée est qu'il s'agit d'une erreur, jusqu'à ce qu'elle identifie le dernier donateur. En remerciement pour l'arrestation des casseurs, la banque Mainstream a versé quarante-trois mille six cents euros pour compléter la cagnotte et atteindre les deux cent mille euros attendus.

La main sur la bouche, comme si elle voulait retenir un cri, Romane s'effondre en pleurs sur le canapé. Lou se précipite sur elle.

– C'est pourquoi que t'es triste ?

– Je suis pas triste, MiniLou, je pleure parce que je suis heureuse. On va partir en voyage, toi et moi, et le docteur va soigner ta tête !

Un hurlement de joie les fait sursauter. Gary a grimpé sur son canapé et danse en secouant les poings au-dessus de sa tête.

Lou s'enthousiasme à son tour, applaudissant des deux mains, heureuse de voir Gary heureux, troublée de voir sa sœur émue.

– Ça veut dire que c'est trop bien ? demande-t-elle.

Romane l'attrape sous les bras et la soulève en l'air en tournant sur elle-même.

– Ça veut dire que ça pourrait pas être mieux !

38

Les billets sont achetés, l'hôtel réservé. La chirurgienne est partie en voyage, mais doit valider le rendez-vous pris auprès de son secrétariat dès son retour, dans quelques jours.

Gary est au travail, il a laissé aux deux sœurs une cagette de bulbes de tulipes à planter dans son jardin.

À genoux au pied de l'épouvantail, Romane ressent une sensation inédite de légèreté. Tout a été si vite, si bien, qu'au début, elle n'arrivait pas à y croire ! Soucis et responsabilités se sont envolés, ne laissant derrière eux que du soulagement. Elle sera de retour à temps des États-Unis pour passer les épreuves du brevet. Ses profs lui ont donné les cours afin qu'elle rattrape son retard. Et lorsqu'elle les a remboursés, les Prudhon lui ont proposé de l'héberger pendant la durée des épreuves.

Lou est concentrée. Elle appuie de toutes ses forces sur le plantoir, jusqu'à créer un trou dans la terre meuble. Une fois le bulbe glissé au fond, elle le recouvre de terre et tapote le petit monticule résiduel. Son application, langue sortie entre ses lèvres, ferait rire si elle n'était pas si touchante.

Dans dix jours, Romane n'aura plus peur pour elle.

Lorsque la voiture de la gendarmerie se gare devant la barrière de bois, elle essuie ses mains sur son jean et va ouvrir à ses deux occupantes. Durant les heures d'audition pendant lesquelles Lou et elle ont raconté de manière détaillée tout ce qui s'était passé, les gendarmes ont pris soin des deux sœurs. Romane n'est pas inquiète.

Après les salutations d'usage, une des gendarmes sort un téléphone enfermé dans un sac plastique scellé.

– Oui, confirme Romane, c'est le mien, celui qui est resté dans la forêt.

Elle apprend qu'il a été retrouvé dans le tiroir d'une commode de la maison du « boss », au milieu d'un tas d'autres appareils. Quand la gendarme lui demande de le déverrouiller sans le sortir du plastique, elle le prend dans ses mains.

– C'est un écran tactile, je ne sais pas si ça va marcher à travers le plastique.

Le téléphone s'allume, il reste encore de la batterie. Romane le déverrouille du bout du doigt, l'écran affiche un message vocal d'un numéro inconnu. Elle demande si elle peut l'écouter.

– Faut qu'on demande à notre chef. Vous attendez une minute ?

Lou a terminé la plantation des tulipes et a entrepris de creuser une piscine au fond du jardinet quand enfin les deux gendarmes obtiennent l'accord de leur hiérarchie.

Romane lance la messagerie sur haut-parleur. Une voix masculine retentit au travers du sachet scellé.

– Bonjour, Romane, c'est le docteur Hamadi. J'ai une mauvaise nouvelle. J'ai envoyé les résultats de l'IRM à la chirurgienne de l'hôpital américain. Elle les a étudiés, mais elle estime que la communication entre les neurones est trop entravée pour que l'intervention puisse être un succès. C'est un peu comme si les neurones étaient des fils électriques dans lesquels le courant ne circule plus bien. Elle ne va pas opérer Lou, je suis désolé. Rappelle le secrétariat pour prendre rendez-vous, il faut qu'on en parle.

Un froid intense étreint la nuque de Romane, comme si la main d'un spectre lui broyait le haut de la colonne vertébrale.

– Ça va aller ? demande la gendarme.

Un sourire automatique s'affiche sur le visage de Romane.

– Oui, oui, c'est un vieux message, c'est pas grave.

Durant quelques minutes encore, Romane fait illusion, participant à la fin de l'échange avec les gendarmes, leur souhaitant un bon retour. Quand la voiture s'éloigne, elle jette un œil vers Lou. La petite est occupée à inonder le jardin au tuyau d'arrosage pour faciliter son projet d'excavation. On dirait qu'elle n'a rien entendu, ou rien compris du message.

Romane contracte tous ses muscles, aussi fort qu'elle le peut. Jambes, bras, mains, mâchoires, elle se fait plus dure qu'un tronc d'arbre. Au moment où elle se relâche, dans la petite seconde de brutal basculement où elle se sent à nouveau vivante, elle sait ce qu'elle va faire. Elle ne dira rien, à personne.

– On va plus dans les États-Unis ? demande Lou, qui s'est rapprochée.

– Bien sûr que si ! On part dans dix jours.

Elle regarde Lou dans les yeux, un regard franc et clair. La chirurgienne opérera Lou, Romane est prête à tout pour ça. Elle proposera plus d'argent, elle la suppliera et, s'il le faut, elle la menacera. Qu'elle aille en prison lui importe peu. Elle a promis à Lou de ne pas l'abandonner. Elle ne laissera pas s'échapper la dernière petite chance de lui sauver la vie.

39

Le Mount Sinai Hospital borde Central Park, le plus grand parc de New York. Au travers des larges fenêtres du bureau de la chirurgienne, on peut observer les nombreux écureuils rivaliser d'audace dans d'acrobatiques figures au milieu des branches des arbres centenaires. En cette belle matinée, les gens se promènent à pied ou à roulettes, vélo pour les enfants, skate pour les quadras, bébé en poussette et vieillards en fauteuil. L'ensemble dégage une atmosphère paisible et sereine.

Les mains crispées de chaque côté du siège en cuir sur lequel elle est assise, Romane fixe la scène des yeux sans rien n'en vraiment voir. Les paroles de la chirurgienne occupent la totalité de son espace mental, au point qu'elle oublie Gary, dans le fauteuil d'à côté, et Lou, dans le coin empli de jeux aménagé spécialement pour les enfants.

Perpendiculaire aux fenêtres, la lumière vive de deux immenses écrans dévoile les images de l'IRM de Lou. La chirurgienne lui montre ce qu'il faut regarder, en entourant de fines masses blanches avec le bout arrondi de son stylo quatre couleurs.

– Là, là et là, vous voyez ? commente-t-elle. On ne peut pas y toucher sans engager le pronostic vital de Lou.

Romane observe la ruée des écureuils vers le banc, où une dame leur lance à manger. L'opération risque de tuer Lou, plus vite que sa maladie.

– Si j'avais une bonne activité neuronale dans des zones sous-jacentes, dit la chirurgienne, ce serait à tenter, mais là... L'IRM ne montre rien, ou quasiment rien. Vous savez qu'en médecine, on mesure le bénéfice-risque. Il est clairement en défaveur de l'intervention.

Romane sent ses doigts s'enfoncer dans la mousse du fauteuil. Elle a tellement serré l'assise que ses ongles ont déchiré le cuir.

Elle refuse d'être raisonnable. Elle refuse de se résigner. Elle refuse d'abandonner.

– Le docteur Hamadi, qui suit ma petite sœur, nous a dit que les gliomes pouvaient évoluer, parfois rapidement. Cette IRM date de près d'un mois, il faudrait en refaire une.

La chirurgienne secoue la tête lentement, montrant toute la compassion qu'elle éprouve en annonçant son diagnostic.

– C'est vrai qu'il existe des évolutions rapides, mais toujours dans le sens d'une dégradation.

– Et alors ? s'exclame Romane en bondissant de son fauteuil, il suffit d'une fois ! Peut-être que pour ma sœur l'évolution a été en sens inverse, qu'est-ce que vous en savez ?

Gary pose une main apaisante sur le bras de Romane pour l'inviter à se rasseoir. Romane lui obéit. Elle a compris que cette femme ne ferait rien sous la menace. Ce n'est qu'en tentant de la convaincre que Romane pourra obtenir d'aller jusqu'au bout de ce qui est possible.

– Je ne sais pas ce qu'il en est pour ta sœur. Mais crois-moi, mon expérience me démontre qu'il n'est pas utile de refaire une IRM.

– Si, c'est utile ! C'est utile parce que si vous ne le faites pas, j'aurai toujours ce doute qu'on aurait peut-être pu faire quelque chose et qu'on ne l'a pas fait. Vous comprenez ça ? Vous comprenez que je penserai à ça toute ma vie ?

La chirurgienne soupire longuement. Romane frissonne sous le regard de pitié qu'elle lui lance, et la déteste pour ça. Mais elle se contrôle : Romane a trop besoin d'elle pour lui montrer à quel point elle déborde de haine.

À cet instant, une petite main se glisse dans la sienne. Lou est revenue vers le bureau et caresse ses lèvres avec l'oreille de son lapin.

– Je veux faire l'irèmène, et même que mon doudou aussi.

Gary sourit. Avant même que la chirurgienne réponde, il sait que les deux sœurs ont gagné. Personne, à moins d'être un monstre dénué de toute humanité, ne pourrait refuser de leur accorder l'examen.

– Pas question de faire durer l'espoir trop longtemps, dit la chirurgienne en se levant de son siège. Lou va passer l'examen immédiatement.

Elle ouvre la porte de son bureau et interpelle sa secrétaire, lui demandant d'organiser les choses.

– On se revoit à 15 heures dans mon bureau pour les résultats, annonce-t-elle.

L'équipe du service de radiologie autorise Romane à accompagner Lou dans la salle d'examen. Lou grignote les bouchons d'oreille qu'on lui a donnés.

– Tu sais que ça fait beaucoup de bruit ? demande une manipulatrice radio.

– L'autre fois, c'était du tam-tam, répond Lou.

– Ce sera la même chose aujourd'hui, et il ne faut pas bouger la tête.

Romane sort de la pièce, observe Lou depuis l'espace vitré d'où les manipulateurs commandent la machine. Comme elle est fière de sa petite sœur ! Lou est exemplaire, répond aux questions qui lui sont posées, évite de bouger et ne montre aucune peur, même lorsqu'il faut lui injecter du produit de contraste qui lui provoque des nausées.

Romane se sent coupable de lui imposer cette épreuve alors que la chirurgienne lui a affirmé qu'elle était inutile.

Pour se faire pardonner, à la fin de l'examen, elle emmène Lou à la cafétéria où patiente Gary, et lui propose de composer elle-même son plateau. Sucreries, gâteaux et paquets de chips s'accumulent, au-delà de ce que Lou est capable de manger. Romane paie sans sourciller, en ajoutant un coloriage et des feutres trouvés sur un présentoir.

Vient alors la longue attente. Interminable. Le décompte minute par minute vers l'heure qui semble inatteignable : 15 heures. C'est finalement en regardant *Toy Story* dans la salle de jeu que le temps passe le plus vite. Le moment arrive de rejoindre le bureau d'où l'on peut voir les écureuils.

Lorsque la secrétaire les fait entrer dans le bureau, la chirurgienne reste étrangement silencieuse, les sourcils froncés en observant son écran.

Lou se précipite vers la fenêtre, mains et nez collés à la vitre tandis que Romane et Gary s'assoient à la demande de la secrétaire.

La chirurgienne lève la tête, toujours sans un mot, et écarte les mains l'une de l'autre, comme un signe d'échec.

– Je ne comprends pas, dit-elle, c'est tout à fait inattendu. Je ne pensais pas que... Comment est-ce que... Je n'ai eu ce cas d'évolution qu'une seule fois, et les conditions étaient vraiment particulières. L'homme que je soignais avait été frappé par la foudre. Mais Lou n'a pas été frappée par la foudre, n'est-ce pas ?

– Non, répond Romane.

– Je ne sais pas, il y a peut-être eu une erreur dans l'identification de l'examen, c'est impossible que les choses aient évolué ainsi.

En écoutant la chirurgienne, Romane réfléchit intensément. Qu'est-ce que Lou aurait pu faire qui déclenche un changement dans son cerveau ? La réponse lui arrive comme un flash, la vision du corps de Lou brutalement arqué sous l'effet des menottes électriques. Un souvenir traumatique.

– Il y a quelque chose qui s'est passé, dit-elle. Lou a reçu deux chocs électriques au niveau des poignets, comme des coups de taser.

La chirurgienne la dévisage, incrédule. Romane a le sentiment de lire en elle, de comprendre cette hésitation à demander comment une petite fille a pu être tasée deux fois. Puis, elle la voit renoncer à poser la question et hocher la tête, les sourcils froncés.

– C'est sûrement ça, dit la chirurgienne. La circulation de l'information entre les neurones a été grandement améliorée depuis la dernière IRM. J'arrive à peine à croire ce que je vois. Les gliomes ont évolué de manière très significative.

Romane retient son souffle. La chirurgienne quitte son fauteuil pour s'agenouiller devant Lou. La petite serre son doudou dans les bras.

– Mes amis, ils disent que tu vas m'opérer.

– Ils ont raison. Je vais t'opérer.

L'émotion est trop forte. Romane ne parvient pas à retenir ses sanglots.

– Ma sœur, elle est bizarre, dit Lou, elle pleure quand elle est contente.

– C'est comme ça, les larmes, dit Gary en tendant un mouchoir à Romane, ça coule, et puis ça finit par sécher en laissant ce goût de sel à la vie.

Épilogue

Deux mois plus tard

Dans la salle de bloc, chaque membre de l'équipe est sur le qui-vive. Après plusieurs semaines d'études précises du cerveau de Lou, l'intervention chirurgicale s'est bien passée, l'ablation des gliomes est achevée.

Mais au moment de refermer, l'alarme du cardioscope retentit. Le cœur de Lou s'est arrêté.

– On réanime, annonce l'anesthésiste.

Aussitôt, l'atmosphère change, tendue, chargée de la concentration de tous. Chacun est à sa place, chacun connaît les gestes à faire, tous luttent pour ramener Lou à la vie.

– Écartez-vous, je choque, annonce l'anesthésiste avant de déclencher le défibrillateur.

Quelques secondes d'attente, dans l'espoir de voir la ligne continue du cardioscope changer de forme.

– On reprend le massage, on passe le respi sur douze.

Lou est là, elle les regarde s'agiter autour de la table d'opération. Elle sait que c'est son corps qui est couché là et, pourtant, elle se sent flotter au plafond, ses amis autour d'elle.

– *Tu devrais y retourner*, dit l'un d'entre eux. *T'as des gens qui t'attendent dans ta chambre, non ?*

– *Je suis mieux avec vous*, rétorque Lou.

– *Et ta grande sœur ?*

– *On a déjà fait la fête pour son brevet. Mention très bien, elle est forte, hein ?*

– *Ça, c'est sûr, surtout vu les circonstances !*

– Prépare une d'adrénaline et deux d'amiodarone, ordonne l'anesthésiste à l'infirmier. Vas-y pour l'injection.

– Il faut que tu y ailles, petite Lou. S'ils arrêtent la réanimation, ce sera trop tard.

– Ça faisait longtemps que je voulais vous voir. Je voulais savoir comment que c'est que vous étiez.

– Et alors, tu nous trouves comment ?

– Très beaux. Vous avez froid, des fois ?

– Non, ni froid ni chaud. Allez, file, petite.

– Non ! Attends, attends !

Quelqu'un se joint au petit groupe du plafond.

– *Maman ?* demande Lou.

Une douce lueur chaude enveloppe la petite fille.

– Ma petite Lou, comme tu as grandi !

– Maman, pourquoi t'es partie ?

– C'était mon moment, ma chérie, on ne choisit pas.

– C'est pas parce que tu m'aimais plus ?

La chaleur moelleuse qui entoure Lou s'étoffe encore un peu.

– Oh non, je t'aime. Je t'aime plus fort qu'on ne peut l'imaginer. Je t'aime si fort que je ne veux pas que tu restes ici avec moi. Pas maintenant.

– Mais je te promets que je serai sage.

– Je sais, ma Lou, mais ce n'est pas ton moment. Ton Papa et Romane t'attendent, ils ont besoin de toi, comme tu as besoin d'eux.

– Mais c'est quoi que je vais faire en bas ?

– Tu vivras.

– On en est où ? demande l'anesthésiste.

– Septième choc, lui répond l'infirmier, ça fait trente-deux minutes.

– OK. Bon, allez, on arrête. Faut bien qu'on arrête, à un moment. Heure de la mort...

Bip, bip, bip, le bruit régulier du cardioscope l'interrompt. Le cœur s'est remis à battre.

– Elle repart !

Dans la salle de bloc, la petite phrase de l'anesthésiste-réanimatrice sonne comme la plus grande des victoires. C'en est une, pour toute l'équipe.

Romane, Cédric et Gary sont rassemblés dans la chambre. Lou dort dans son lit. Les médecins leur ont dit que l'intervention avait été compliquée, que Lou avait fait un arrêt cardiaque, mais qu'elle était désormais sortie d'affaire. Quant à savoir dans quel état elle se réveillera, s'il y aura ou non des séquelles, seul le réveil de Lou permettra de le savoir.

Pour tromper l'angoisse, Romane pianote sur son portable, Cédric mâchonne du chewing-gum, Gary joue avec les dix gobelets de café qu'il a déjà avalés.

Un silence lourd règne dans la pièce.

– Elle ouvre les yeux !

Lou a du mal à soulever ses paupières. Romane est là, penchée sur elle, leur père se tient juste à côté.

– Ça va aller, MiniLou, dit Romane, tout va bien aller, on est ensemble.

Lou tend maladroitement une main en l'air. Elle voudrait toucher sa tête, mais un gros pansement l'en empêche.

– L'opération est terminée, explique Romane en lui glissant son doudou lapin entre les doigts.

Lou regarde sa sœur, son père, Gary, et se met soudain à pleurer.

– Qu'est-ce qui se passe, ma chérie, demande Cédric. Tu as mal ?

Entre deux sanglots, Lou parvient à demander :

– Maman, elle est où ? Pourquoi elle est plus là ?

Romane retient ses larmes, sans savoir quoi lui répondre.

– Elle était avec mes amis quand je suis morte, dit Lou. Maintenant que je suis revivante, je les entends plus, ils ne parlent plus ! Où elle est partie, maman ?

Romane lui prend la main.

– Elle est avec nous, MiniLou, elle est là à sa façon.

Au même instant, Romane ressent une douce chaleur l'envahir. Elle reconnaît cette sensation qui lui était si familière, ce sentiment de bien-être quand sa mère la serrait tout contre elle. Elle sourit. Oui, sa mère est là, toute proche.

Ça va aller, maintenant. Ils sont ensemble.

Le Feuilleton des Incos

Proposer aux jeunes lecteurs de pénétrer dans les coulisses de la création d'une histoire. C'est cette idée, à la fois simple et novatrice, qui est à l'origine du Feuilleton des Incorruptibles.

Pendant plus de douze semaines, des groupes de lecteurs ont entretenu une correspondance personnalisée avec un auteur. L'objet de ces échanges ? Un texte posté tous les quinze jours chapitre par chapitre par un écrivain, passablement anxieux à l'idée d'être soumis aux jugements décomplexés des jeunes. Le résultat ? Une histoire commentée et questionnée par deux cent cinquante lecteurs, aussi curieux qu'impitoyables, et autant de débats et échanges, questions existentielles et interrogations futiles, mots doux et bons mots...

Avec la complicité des éditions Didier Jeunesse, le texte a été travaillé comme un manuscrit traditionnel avant de prendre le chemin des presses. C'est une aventure où l'intime et le collectif se conjuguent et se répondent pour désacraliser l'acte d'écriture, comprendre le processus de publication d'un texte, inciter à la lecture, encourager la réflexion, tisser des liens privilégiés avec un auteur et, pourquoi pas, susciter des vocations...

Association le Prix des Incorruptibles
01 44 41 97 20
www.lesincos.com

Remerciements

Un immense merci aux lectrices et aux lecteurs, élèves et professeurs des classes avec lesquelles j'ai partagé l'écriture de cette histoire :

La 5e3 et la 5e4 du collège Penn Ar C'hleuz de Brest, le club lecture du lycée français Anna-de-Noailles de Bucarest, la 4eD du collège Henri-Martineau de Coulonges-sur-l'Autize, la 5eC du collège Fred-Scamaroni de Charleville-Mézières, la 4e du collège Langevin-Wallon de Blainville-sur-Orne, la 5eA du collège La Fayette de Rochefort, la 5e6 du collège Anne-Frank de Morières-lès-Avignon (clin d'œil à Simon pour le coup de la mercerie), la 5e4 du collège Sainte-Thérèse de Colomiers, la 5eB et le club ciné-lecture du collège Jeanne-d'Arc d'Orléans (merci pour le titre du roman !), la 5e6 du collège du Grésivaudan de Saint-Ismier, la 4eC et la 5eB du collège La Fontaine-Margot de Brest.

Vos retours réguliers de lecture, vos ressentis, vos questions, vos remarques, vos réflexions sur le titre ont été précieux et ont contribué à faire de mon manuscrit le roman qu'il est aujourd'hui.

Merci à toute l'équipe des éditions Didier Jeunesse d'avoir accueilli ce roman et de le porter pour lui offrir une belle vie.

Merci à Claire pour son enthousiasme et son œil de lynx.

Et merci à Nathalie, bien sûr.

Noms des groupes participants au projet « Le Feuilleton des Incos » avec Muriel Zürcher

---

Les lecteurs de Morières du collège Anne Franck - Morières les Avignon (84)

Les lecteurs de Charleville du collège Fred Scamaroni – Charleville Mezières (08)

Les lecteurs de Rochefort du collège la Fayette – Rochefort (17)

Les lecteurs brestois du collège Penn Ar C Hleuz – Brest (29)

Les lecteurs de Brest du collège Penn Ar C Hleuz – Brest (29)

Les lecteurs de Bucarest du lycée français Anna de Noailles – Bucarest

Les lecteurs de Blainville du collège Langevin Wallon – Blainville sur Orne (14)

Les lecteurs de St Ismier du collège Gresivaudan – St Ismier (38)

Les lecteurs columérins du collège privé Sainte Thérèse – Colomiers (31)

Les lecteurs d'Orléans du collège Jeanne d'Arc – Orléans (45)

Les lecteurs de Coulonges du collège Henri Martineau – Coulonges sur l'Autize (79)

Les lecteurs Fontaine Margot 2 du collège La Fontaine Margot – Brest (29)

Les lecteurs Fontaine Margot 3 du collège La Fontaine Margot – Brest (29)

© Clémence Zürcher

Muriel Zürcher a suivi de très sérieuses études avant d'exercer un très sérieux métier. Un jour, son imagination s'est emballée. Impossible de l'arrêter ! Depuis, dans les Alpes où elle habite, elle invente et écrit des histoires. Ça lui plaît.

60-62, rue Saint-André-des-Arts
75006 Paris
www.didier-jeunesse.com
Illustration de couverture : Laure Ngo
Composition, mise en pages et photogravure : IGS-CP (16)
ISBN : 978-2-278-10041-5 • Dépôt légal : 0041/01
N° d'impression : 2001624
Loi n° 49-956 du 16 juillet 1949 sur les publications destinées à la jeunesse

Achevé d'imprimer en France, à Alençon, en août 2020 chez Normandie Roto Impression s.a.s., imprimeur labellisé Imprim'Vert, sur papier composé de fibres naturelles renouvelables, recyclables, fabriquées à partir de bois issus de forêts gérées durablement.